花生みの涙で愛は彩られる

秀 香穂里

illustration: Ciel

花生みの涙で愛は彩られる

序章

香りまでも色づくような、鮮やかで美しい世界の真ん中にそのひとはいた。

「アミリという響きは透明感があって、きみにぴったりだ。お父様かお母様につけてもらった名前かな？」

アミリはその問いかけにこくりと頷《うなず》いた。

「僕が赤ん坊のころに両親は戦争に巻き込まれて死んでしまったけど、アミリと呼ばれていたらしいです。僕をここに託してくれたひとがそう言っていたって、シスターたちに聞いてます」

「そうか」

そのひとはすこし痛ましい顔をする。陽《ひ》の光に透けるようなハニーブロンドの髪はきらきらと輝き、十歳のアミリのこころを一瞬にして奪った。

なんて綺麗《きれい》なんだろう。質素で敬虔《けいけん》な修道院暮らしの中ではめったにお目にかかれない、絹糸のような髪に触れてみたくて、うずうずしてしまう。きっと一本一本がしなやかで、潤っているはずだ。

夏空を閉じ込めたような青い瞳も素敵だ。もうすこし明るい色だったら逆に彼を酷薄に見せていただろうが、落ち着いた爽やかなブルーはことのほかやさしそうだ。

心地好《よ》い風がふたりのあいだを吹き抜けるたび、彼の髪は軽く踊り、瞳も煌《きら》めく。純白の上衣の立て襟には高貴な濃紺と黄金の刺繍《ししゅう》が施されており、丁寧な手仕事によるものだということは貧しいアミリにもわかる。

アミリが生まれる二年前に始まったバルデア大陸統一戦争は日に日に激化し、誰にでも平等に与えられるのは美しい空と雲ぐらいのものになりつつあったから、よけいに、目の前にいる美麗なひとが胸に残る。

「これは、きみがこぼした涙？」

「……そうです」

彼はアミリの周囲に散らばる赤く艶《あで》やかな花びらを指でそっとつまみ、「薔薇《ばら》だね」と呟《つぶや》く。修道院の裏にある小さな庭で膝を抱えてひとりぽたぽたと涙を流しているところを、彼に見つかったのだった。青い夏の空の下、地面は乾き、みずみずしいのは青草とアミリがさっきまで散らしていた真っ赤な花びらだけ。

「……あの……涙がこんなふうになるのって……変に思いますか？」

流した涙が美しい花になる身体《からだ》に生まれついたアミリは、『花生《はなう》み』と呼ばれる特異体質だ。たいていの涙は名もない花々に姿を変えるが、強い孤独を感じたとき、花生みはたとえようもなく美しい薔薇の涙を流すと言われており、その特異性のためにもともとの数がすくない。

そんな花生みは、圧倒的な支配力と統率力、皆の目を奪う華やかさを併せ持つ『花食《はなは》み』という捕食本能が強い血を持つ者と惹《ひ》かれ合い、互いに体液を与え合うことで生きながらえてきた。

平時ならば花生みと花食みは穏やかに結びつくことができたが、そこかしこで絶えず火の手が上がるいま、ひとびとが出会うことすらあやうい。

大小の国々が寄り集まるバルデア大陸は国同士が協力し合うことで、十二年前までは驚くほど平和だった。

しかし、北に位置する強国・イズアラーンが大陸統一を宣言して全土への侵略を始めたことで、情勢は一気に変化した。

もともと大国で軍事力も高いイズアラーンは、いっときは大陸を統べる寸前までいったものの、他国との対話をかたくなに拒み続けた。

イズアラーン周辺の小さな国はあっという間に押し負かされ、吸収されていったが、ここ、ゴッドバルト王国だけは徹底抗戦の構えを崩さなかった。

悠久の時を生きてきた南西の王国として、北の大国に敗れてなるものかという意地があったのだ。

開戦から数年が過ぎ、これ以上の暴虐は許さぬとゴッドバルトの現国王みずから最前線に繰り出す決断をしたこの日、街は猛将の勇気をたたえるための祭りが開かれ、今日はその締めくくりとして王家のパレードが行われたのだ。

バルデア大陸の南西に位置する軍事大国ゴッドバルト国王の勇ましく凛々《りり》しい姿にひとびとは熱狂し、手を振った。

アミリも観衆に紛れてゆっくりと通りすぎる馬車に手を振ったが、そのうち、――ほんとうに、もうほんとうにこれからずっと、ひとりで生きていくしかないんだという寂しさが嗚咽《おえつ》となってこみ上げた。

物心ついたころから十歳になるいままでつねに孤独とともに歩いてきたが、ここまで追い詰められたことはなかったように思う。

長い戦いの中で修道院は傷み、シスターたちも疲れきっていた。ゴッドバルト現国王がかならず勝利してくれると信じていたが、終戦まであと何年かかるかわからない。

修道院が預かるのは親のいないこどもだけではなく、戦争で負傷した兵士の休息所ともなっていたから、シスターたちの心労はことのほか大きかった。

ここはいったん解体され、もっと清潔で、もっと大勢のシスターがいる修道院がどこかに作られる。アミリもそこに行くことになっていた。

親のいないこどもは、どこで生きていくかも決められてしまう。

なんの後ろ盾もなく育ってきたアミリは逆境を嘆くことなく、すべてを明るく捉える強さを持ち合わせていた。みなしごという事実だけでも重たいのだ。

いたずらに落ち込んで自分を苦しめるのもよくないと考え、ほがらかに過ごしてきたが、華やかなパレードが街中を練り歩くこの日だけは絶望的な気分になった。

あとどれぐらい、戦争が続くのか。

皆には帰る家があるだろうけれど、自分にはない。シスターですら故郷があるのに。

自分のような孤児は知らないどこか隅のほうへと追いやられ、誰の目にも留まらず、いつかひっそり世界から消えていくのだろう。そう考えただけで胸が潰れるようだった。

――この世界で、僕はたったひとりだ。

生まれる前から戦いが始まっていたなら、死んだあとまで続くはずだと自暴自棄になりそうだった。

パレードに集ったのは血の繫《つな》がりが強そうなひとばかりで、皆、かたわらに家族がそろっていた。

親子、きょうだい、親戚。

そういう者がアミリにはひとりもいなかった。たったひとりで、華やかなパレードを眺めるつらさは言葉にならない。

どこにも居場所がない空虚さをなんとかしたくて、裏庭で思いきり泣いてしまおうと思ったのに。

絶望と孤独が濃く滲《にじ》む涙が薔薇の花びらとなって地面にひらひらと落ちたとき、あたりを窺《うかが》うように彼が姿を現し、うずくまるアミリに気づいてそっと声をかけてきたのだった。

「涙が薔薇の花びらになるなんて、物語の中の出来事みたいだ。とても美しいよ」

地面に片膝をついた彼は手を伸ばしてきて、古ぼけた服をまとうアミリの頰《ほお》を親指でなぞる。寄付された服は何度も何度も洗ったことですっかり色が抜け、襟元や袖口がすり切れていた。

アミリは器用なほうではないが、修道院で育ててもらっているだけに着替えをたくさん持っているわけではないので、ほころびを見つけたらひとつひとつ繕うようにしていた。

立派な身なりの彼と比べると、粗末な装いの自分がいたたまれない。だけど、彼はなにも気にならないようで、ただひたむきにアミリの瞳をのぞき込んでくる。

「どうして泣いていたのか、よかったら私に教えてもらえるかい？」

幼いアミリよりずっと大人びて見える彼は、先ほど目にしたパレードで、先頭から三番目を走っていた馬車に乗っていた人物だ。窓から顔をのぞかせ、手を振っていた王家のひとの中でいちばん温和そうな笑顔だった。

そんなひとが、なぜこんな侘《わび》しい場所にわざわざ足を運んだのか。古い修道院の寂れた裏庭はちいさく、あまり陽が射さないため、ここに来るのは自分ぐらいのものだ。

年端もいかないアミリはくちびるを噛《か》んでうつむく。

すこし伸びた赤い毛先が視界に入る。燃えるような真っ赤な髪と琥珀《こはく》色の瞳という要素も相まって、アミリは修道院の中でもとりわけ目立つ存在だ。普段はあまりに元気すぎて失敗も多いけれど、これまではシスターたちが苦笑いしながら見守ってくれていたから、さほど落ち込むことはなかった。

だが、いまは正真正銘、寄る辺《べ》のないこころ細さに襲われ、まだ引かない涙のせいで喉の奥がつっかえる。じわじわと熱くなる目縁から涙が頬を伝い、しだいにふわりとやわらかな感触を孕《はら》んで、顎の先から落ちるに従って色づく花びらへとかたちを変えていく。

気づけば、足下には真っ赤な薔薇の花びらが折り重なるように積もっていた。ずいぶんと泣いたようだ。

「……行くとこ、ないから……」

「そう、なのか？」

一瞬、虚を衝《つ》かれたようで、彼の声が掠《かす》れた。

「すでにここの者の里親は決まったと聞き及んでいたが……」

「僕が元気すぎてそそっかしいから、一度決まってた里親から断られました。僕は鬱陶《うっとう》しいって。ちっともじっとしてなくて、なんでも首を突っ込みたがるし、お喋《しゃべ》りで……同じ花生みでもやっぱり女の子ならよかったって、昨日……里親の家から帰されました。だから僕だけ、新しい修道院に行くんです」

「男の子だとか女の子だとか、そんなことで区別するような里親に引き取られなくて正解だ」

やさしいが、きっぱりと強い声にこころを動かされて彼をじっと見つめた。

「アミリはこんなにまぶしく輝いて、宝石のような子なのに」

いとおしげに髪を撫《な》でてくれる彼は目を細め、「では」と微笑《ほほえ》みかけてきた。

「いつか私と家族になるか?」

「僕が、あなたと?」

驚いて見上げると、男はなぜだかひどく寂しそうな笑みを浮かべていた。

――僕よりずっと、ひとりなのかも。

いや、そんなはずがない。立派な服は従者の手を借りて着ているだろうし、そもそもここにだって誰かとともに訪れているはずだ。

立派な出《い》で立ちの国王はもちろん、頼りがいのありそうなほかの王子たちもそろっているではないか。赤の他人のアミリですら、先ほどのパレードで王家のひとびとを目にし、その血の繋がりの深さに圧倒されたばかりだ。

「でもあなたには、すばらしいご家族がいらっしゃいます。僕なんかをわざわざ中に入れなくても」

「……贅沢《ぜいたく》を言うわけではない。しかし、王家は生まれたときから戦うことが定められている血。そういうのも、なかなかにして不幸なものだよ。私は、ささやかでもいい、穏やかな暮らしがほしい。きみには、えり好みするなと怒られるだろうね」

「そんなこと言いません」

王家の彼が普段どんな暮らしを享受しているのか、まったく想像がつかないけれど、きっと、相応の重圧や悩みはあるだろう。

「もし、きみが私の申し出を受け入れてくれるなら、きみを王家と繋がりのある由緒正しい修道院に移して面倒を見たい。そこで数年だけ待っていてくれないか。戦争が終わりしだい、アミリを正式に私の家族として迎えたいのだが、どうだろう」

「でも僕、なにも持ってませんよ。お金も、服もありません。ただの花生みです」

「私は花食みだ。きみの流す薔薇の花びらを守りたい」

「花食み……」

「はじめて出会ったかい？」

こくりと頷いた。遠目に見かけたことはあったが、ちゃんと喋ったのはこれが生まれてはじめてだ。こどもごころにも、美々しい軍神の生まれ変わりのような彼に強く惹きつけられ、こんなひとが元気なだけが取り柄の自分の家族になってくれると考えたら、とたんにそわそわしてくる。

守られてみたいと思う反面、大人の男なのにうっすらとした孤独感を漂わせるこのひとを全力で守りたい——そんなふうにも思う。

——たくさんの花びらで彩ってあげたい。

「無邪気な花生みを守るのは、花食みの大事な役目だ。アミリ、私の元で大きくなってくれ。私がきみの成長を見守りたい」

「あなたのお名前は？」

「レオナルドだ」

ひとのこころを摑《つか》んで離さない笑みを浮かべる彼が口にした名に、アミリは目を瞠《みは》った。

「レオナルド・キリアン・ゴッドバルトという」

我らがゴッドバルト王国が誇る四人の王子の中でもっとも温厚、かつ切れ者と評される人物だ。温かな声。芯が感じられる微笑。こころのすべてを持っていかれたアミリは、惚《ほう》けたようにレオナルドを見つめた。

「僕、あなたの——花嫁に……なれますか？」

噂《うわさ》の第四王子と知って、一気に緊張しそうだったが、それを上回る好奇心に呑《の》み込まれてしまった。

「これはこれは」

顔をほころばせたレオナルドが大きな手で髪を撫でてくれる。

「私の花嫁になりたいのかい、アミリは。義理の弟になることもできるし、なんだったら私の養子になることもできるが、花嫁がいいのかい？」

花嫁がどんなことをするのか、隅々まで理解しているわけではない。

だが、甘く、情熱的な感情を孕んだ存在らしいというのはぼんやりと知っている。親やこどもよりも、もっと強い絆《きずな》で結ばれるのが花嫁だと思う。

やさしそうな花食みであるレオナルドの伴侶になれれば、煤《すす》けた日々は遠くへ消え去り、夢のような日々が送れるはずだ。

「修道院で育ってきたからわかるだろうが、きみは神の花嫁なんだよ。そのうえで、ただの人間である私に嫁ぎたいの？」

「はい」

出会ったばかりの大人の男性に強く憧れるのは、おかしいだろうか。

「花生みは花食みの伴侶になるのがいちばんしあわせだって、シスターが話していたのを聞いたことがあります」

「光栄だ。——そうだな、いつかきみが私の肩ぐらいの目線にまで育って、もしそのときまでかわいらしい願いを忘れないでいてくれたら」

「ほんとうですか？」

「ああ、いつかね」

にこりと笑うひとがあまりにも穏やかだから、アミリは食い入るように彼を見た。

——人生を変えてしまうようなふたつの感情を味わったとき、花生みは薔薇の涙を流す。

そんな言い伝えを耳にしたことがある。

ひとつは、身をよじるほどの孤独だというのはいま身をもって知った。もうひとつはなんなのだろう。生まれたての甘い想《おも》いに胸を疼《うず》かせ、アミリは新しい涙をじわりと滲ませた。

1

「アミリ、明日お城に行っちゃうんだろ？　もう準備できたか？」

「僕たちのこと忘れない？」

「忘れるはずないだろ。ラーディのこともネッケのこともずっと覚えてる。ていうか、落ち着いたらお城にきてよ。ここの皆、いつでも遊びにきていいってレオナルド様も言ってたって、シスターが教えてくれた」

「そうなんだ！　だったら俺、来週行く」

二段ベッドの上から身を乗り出して喜び勇むラーディに、「気が早いよ」と下段のネッケが苦笑している。それから、向かい合わせのベッドで翌日の出立に向けて荷物の最終確認をしているアミリのほうを向いて、「寂しくなるね……」とぽつりと呟いた。

昨年、ようやく戦争が終わり、ゴッドバルト王国は復興に向けて動き始めていた。

十九年という長きにわたる戦のせいで民衆は疲れきっていたが、もう二度と敵襲に怯《おび》えなくてもいいのだという喜びが爆発し、愛する祖国を立て直そうと日々励んでいた。

アミリが城に招かれることになったのも、平穏な世が訪れたおかげだ。

「俺たち三人でこうして寝るのも今日が最後か……。アミリ、明日からひとりで眠れるか？　ゴッドバルトのお城は迷子が毎日出るほど広いって噂だぞ。おまえ、めちゃくちゃ方向音痴なのに」

「明日の夜にはここに泣いて戻ってきてたりして」

冗談交じりのラーディにふんと鼻を鳴らし、「ご忠告ありがとう。絶対迷わないし、泣かない」とアミリは強気な口調で言い張る。

だけどすぐに皆で笑い合ってしまった。気心が知れた仲だ。

「黙ってたって来年の春には俺たち皆、ここを出て大人になるのに……それでもアミリだけ先にいなくなるの、やっぱり寂しいよな」

根が素直なラーディには思わずほろりときそうだ。

彼が言うとおり、次の春には全員そろって十八歳になる。ネッケもラーディもこの修道院を出て、それぞれの道を歩む。

アミリがひとり先に旅立つのは、ずっと前からこの国の王子と誓いを交わしていたからだ。

「僕がいままで生きてこられたのは、レオナルド様のおかげだから。あのひとが昔、『いつか家族になろう』って言ってくれたことで、僕にも生きる意味があるんだって思えた。身寄りがない花生みだから煙たがられたり、働かせがいがあるから男がいいとか、おしとやかそうな女の子がいいとかいろいろ言われてつらかったこともあったけど、もう大丈夫だよ」

「俺たち花生みってほんと損だよな。涙が花に変わるだけなのに、変な目で見るひとが多い」

アミリとネッケ、ラーディは三十人ほどのこどもが在籍する、王家と繋がりのある修道院で育ってきた。三人は、大勢のこどもたちの中でも特別とされる花生みだ。

皆、戦争孤児で、故郷もなく親もいない。

しっかり者ですばしっこいラーディ、お人好しで泣き虫のネッケ、勝ち気で赤く美しい髪が取り柄のアミリというてんでんばらばらの三人は、十歳のときにここにきて顔を合わせた瞬間に打ち解け、七年ものあいだ、実の兄弟のようにして大きくなった。


この世界には男女という性別のほかに、花生み、花食み、花合《はなあ》いの三つの性がある。

あふれた涙が花になるのが、『花生み』の特徴だ。どの季節でも麗しい花びらで周囲を埋め尽くして幸福になれるようにと、神々が特別にこしらえたのが花生みだと言われている。

花生みは子宮を持ち合わせ、男女どちらもこどもを成すことができた。

あきらかに普通のひととは異なる身体と際立つ容姿を誇るために全体数が非常にすくなく、目立たぬ場所で静かに暮らそうとしても、その美しさはひとのこころを奪い、奇異な目で見られることもしょっちゅうだ。

そんな希少な花生みがすこやかに生きるためには、『花食み』と呼ばれる種から、汗や涙といった体液を注いでもらうことが必要だ。それが得られないと、身体が火照り、疼き、欲に飢える。

知力、体力にすぐれた花食みは、神々が自分に似せた存在だと言われているだけに、ひとびとを率いる力と容姿にも恵まれている。

国を統べるのはほとんどが強靭《きょうじん》な花食みで、おのれと真逆にあるような繊細な花生みからその花びらと化した涙や汗、唾液といった体液を摂取して活力をおぎなっていた。

花生みと花食みが互いの健康を維持するために体液を交換する場所は、いくらでもある。街の酒場や、祭りがそうだ。

運動で汗をかき、軽くくちづけ合って汗や唾液を交換するぐらいのことは、特定の相手を決めていない大人の花生みと花食みなら当たり前にこなす。

だが、いちばんの効果を発揮するのは、こころを寄せ合い愛し合う者同士が性的な場面で交換する体液だ。だから、どの花生みも花食みも運命の相手と出会い、そのひとの体液を欲するようになる。

本能よりもっと深い魂の部分で激しく互いを求め、恋人よりも夫婦よりも強い絆を秘めた、「ブートニエール」と呼ばれる関係を築いていく。

ただ、すべての花生みと花食みが体液を交換する相手をタイミングよく見つけられるわけではない。そのため、どちらの種も十代から本能を抑え、互いの体液にかぎりなく似せた樹液を口にすることで耐性をつけていた。

対極的な存在である花生みと花食みだけがこの世を占めていたら、とっくに世界のバランスは崩れていたに違いない。

与えられる者と与える者を引き合わせ、繋ぐのが『花合い』という存在だ。男女ともに平均的な見た目と行動規範を持ち、争いごとは好まない。

人間の大半が花合いで、穏やかにこどもを生んで家庭を築き、日々の平和のために勤《いそ》しむ。

国を興すのも戦を始めるのもたいていは能動的な花食みで、彼らを支え、繁栄を促す美しい花生みしか存在しなかったら、国々は極端に栄えて、その後滅亡を繰り返していただろう。

神はさすがにそこまで非道ではなかったようで、温和な花合いのおかげで、世界は今日も存在している。


「レオナルド様……っていうか、ゴッドバルト家は花食み一族じゃん。花生みのおまえがひとりでお城に乗り込んでほんとうに大丈夫か？　怖いことされたりしないか？」

いつもだったら軽口を叩《たた》くラーディだが、明日の別れを前にしてさすがにアミリの身を案じているようだ。だから、アミリも安心させるように頷く。

「なにがあってもレオナルド様が守ってくれるから、大丈夫」

「僕もアミリが心配だよ。ゴッドバルト家は鬼神ぞろいだって聞いたことがあるもん……レオナルド様は穏やかそうに見えて、じつはいちばん戦いの神に愛されてるって。やさしいふりしてるだけって可能性はないの？　一度お城に入ったら、そう簡単には戻ってこられないんだよ」

ネッケの声にも不安が混じる。

確かに、ゴッドバルト家は知将、猛将ぞろいだ。アミリがレオナルドにはじめて出会ったときも、触れがたい品格が窺えた。しかし、それを上回ってなお余りあるような情の深さを感じたのも嘘《うそ》じゃない。

――花を生むだけならほかの子でもよかったんだ。なのに、レオナルド様はわざわざ僕に声をかけてくれた。孤児の子を泣き止《や》ませて励ますだけのために、『家族になろう』なんて簡単に言わない。

レオナルドが本物の親切心からそう申し出てくれたのだという想いが、ここまでずっとアミリを支えてきた。

それにこの七年間、レオナルドは折に触れて修道院を訪ね、なにくれとなくアミリを気にかけてくれた。

高貴な身の上で、普通は絶対に近づけないようなひとだ。なのに、わざわざ自分のような者に時間を割いてくれるだけでもひどく嬉《うれ》しかった。世界にたったひとりで生きているような寂しさを、レオナルドは慰撫《いぶ》してくれたのだ。

幼いころは純粋な喜びが強かったが、年月を経るごとに男らしさと艶を増していくレオナルドに、いつしか胸は甘くときめき、彼が来るたびに鼓動が弾んだ。とびきりおいしいお菓子や手の込んだおもちゃに本といった贈り物も、日に日に大きくなっていくアミリに合わせてすこしずつ変化していくのも嬉しかった。

レオナルドがくれる本は、いつもそのときのアミリよりやや先を行く内容が多かった。世界のこと、自然のこと、人間のこと、そして楽しい物語。どれもちょっとずつ大人びていくのが楽しく、成年であるレオナルドに認めてもらえている気分にもなれた。

単なる好意ではなく、レオナルドをひとりの男として好きなのだと気づいたときには、アミリも十七歳になり、この恋ごころは昨日今日生まれたものではなく、浅はかな思い込みではないと自分でもわかっていた。

『あなたの——花嫁になれますか？』

七年前、思わず口走ってしまったけれど、あのときの自分はきっと正しい。

弟ではなく、こどもでもなく、特別な花嫁になりたい。花食みであるレオナルドの、たったひとりの相手になりたい。

約束を忘れていなかったレオナルドが城に呼び寄せてくれたことで、生涯、彼についていく覚悟も決まった。

ここですこしでも怯えたら、ラーディたちは身体を張ってでも旅立ちを止めてくるだろう。各地から戦争孤児が集まったこの修道院で三人は知り合い、意気投合してなんでも楽しくやってきた。自分たちだけが花生みだから身体をいたわり合い、励まし、肩を寄せ合ってきたという部分も大きい。

「向こうでの暮らしはちゃんとおまえたちにも連絡する。レオナルド様は僕をむりやり泣かすひとじゃない。おこころのやさしい、ほんとうに素敵な大人の花食みだよ」

「なんか変に熱っぽいなぁ」

鋭いラーディの指摘に思わず言葉に詰まってしまった。幼いころからのほのかな想いが時を経て艶やかな憧れに変化していることを、アミリ自身が気づいている。

「あー、アミリ耳真っ赤。ほんっと、わっかりやすい」

「うるさい。変なこと言うな」

ラーディと一緒になって笑い出すネッケを睨《にら》んだが、自分でも迫力がないなと思う。

勝ち気なアミリが泣くことはめったになかったが、よくも悪くも感情をあらわにするほうなので、いつもラーディたちにからかわれてしまう。

「でもさ、もし、……もしもだよ？　お相手がレオナルド様じゃなかったとしても……花生みは花食みの子を宿せるんだから、アミリもここを出たらそういうひとと出会うんだよね。修道院にいるならずっと神の花嫁として過ごすけど外の世界は違うでしょ？」

「違うって、どういう」

「だーかーらー、花生みなら花食みと恋に落ちて、夜のおつとめもするって言いたいんだろ、ネッケは」

「……あ、あ、そうだね。……うん」

うなじまでちりっと熱い。

神に仕える修道院を出たら、普通の人間として生きていくことになる。となれば、いずれ運命の花食みと出会い、そのひとの体液を欲するのが花生みとしては当たり前だ。

アミリたちは初体験もまだだが、自然な欲求はある。

ときおり、どうしようもなく身体が火照り、飢えるのだ。そんなとき、決まって花食みの涙や汗といった体液がほしくなる。誰かに教わったわけではない。

男女ともに美しく凜々しい花食みをたまに目にすると、言いようのない熱っぽい衝動に襲われる。ネッケもラーディも同じで、シスターたちにも、『花生みはみんなそうなのよ。安心なさい』と言われたものだが、一度も性の交わりを体験したことがないのに肉欲を覚えるのが自分でも不思議だ。

うっすらとした嫌悪感を交えながら、仲間にも内緒の自慰でぎこちなく欲を解き放つ夜が幾度もあった。

アミリが胸に描くのは、いつだって大人の男のレオナルドだ。

シスターのお使いで近くの街に出かけたときなどに仲睦《むつ》まじく手を繋ぐ恋人同士を見かけたり、宿屋の食堂に集う大人たちのあけすけな誘惑の場にぶつかったりすると、レオナルドとあんなふうにできたらと、ふっと胸の奥が甘く疼く。

意味深な流し目や熱のこもる言葉、情愛に満ちた表情を向けながら互いに身を寄せるひとびとに、いつか自分もなるのだろうか。

「アミリはレオナルド様の花嫁になりたいんだよな。ただの家族じゃなくて、花嫁」

ラーディにずばり言い当てられて、アミリは真っ赤な髪を揺らしながら頷く。

出会ったときから、このひとしかいないと思っていた。もしも自分が誰かのものになるのなら、レオナルドだけがその相手だと強く信じてきた。

花生みとしての本能が、レオナルドを求めたのだろう。だけど、彼がただ強引に迫ってくるだけの男なら、ここまで惹かれなかった。

あくまでも紳士的に「家族になろう」と申し出てくれた控えめなやさしさをもっともっと自分のものにしたかったから、花嫁という座を望んだのだ。どんなお菓子よりも本よりも、アミリを昂《たかぶ》らせたのは、会うたびに風格を増していくレオナルド自身だ。

立場が違いすぎるとわかっていても、彼を独占してしまいたい。

「おこちゃまアミリに花嫁なんてまだまだむりだよ。どうせ夢みたいなことばっか考えてるんだろうし」

「なんだよ。だったらそういうラーディは大人っぽいこと考えてるのか？」

「俺はもう大人だしー。花嫁が花婿となにするか知ってるしー」

ラーディにからかわれるのなんか、いつものことだ。

「アミリは夜のおつとめのちゃんとした意味も知らないだろ。言っとくけど、一緒のベッドに入って手を繋ぐってことじゃないぞ。ついでに言えば、ひとりですることとはぜんぜん違う」

「じゃあ、なにするの？」

ネッケが口を挟んでくれて助かった。

「なにするのってば、ラーディ」

「知ってるくせに聞くな」

「キスはするんでしょ？　それから先は？」

抱き合ってくちびるを重ねたそのあとが、いつも頭の中でもやもやしている。

「抱き合って、身体のあちこちに触る」

「へえー……で？　で？」

「そこらじゅう、キスしたりする」

「え、身体にもキスするってこと？」

「当たり前だろ。好きな相手の手とか足とかにもキスするんだって。あと、ええと、胸とか？　……お尻とか？　いろいろ？　触るとか」

「お尻も？」

ぎょっとして思わず大きい声を上げてしまった。ネッケとラーディがそろってくちびるの前に人差し指を立て、「しー」「バカ、静かに」とベッドから身を乗り出す。こどもたちはもうとうに寝る時間だ。こんなに遅くまで起きているとバレたら、シスターに怒られてしまう。

「ご、ごめん、びっくりした……でもほんと？　ほんとにお尻にまでキスするの？」

「じゃないと本物のえっちにならないって聞いたけど」

訳知り顔のラーディに、ネッケとふたりで感心した。えっち、と言われたらさすがにいけないことをしている気分になる。

「すごいねラーディ。そんなのどこで聞いてきたんだ？」

「街にお使いに行ったとき。宿屋の前で派手な格好の男女がいちゃいちゃしてるのを何度か見かけたことがあって、『あのふたり、なにしてんだ』って宿の主人に聞いたら『こどもにはまだ早い』ってあしらわれてさ。もう気になって気になって、意地で調べ上げた。あれって、ふたりで気持ちいいことするんだってよ。それでこどもができる」

「へえ……」

「いちゃいちゃしたらこどもができるんだ……」

ネッケと顔を見合わせて、「いちゃいちゃって……なにするんだろ？」と首を傾《かし》げると、ラーディも一緒になって不思議そうな顔をしている。

「確かにな。なにすんだ？　キスするのはまあわかったけど、お尻にもキスして気持ちいいのか俺にもわかんねえ。あ、好きな花食みからもらう体液ってすごくおいしいんだって。それが気持ちいいんだって」

「あー……」

下肢に手を這《は》わせるのかなと一瞬口走りそうになったが、これでもまだいちおう、神に仕える身だ。あまりに品のないことを言っていると罰が当たるかもしれない。

それは皆同じだったようで、アミリはネッケやラーディと視線を交わし、へへ、と鼻の頭をかいて照れくささをごまかした。

きっと、狂おしい想いをいつか自分も抱くのだろう。それだけではなく、身体の熱を分け合うことにもなるのかと思うとたまらなく恥ずかしいような、落ち着かないような。

「……ま、まあここであれこれ言い合っててもわかんねえものはわかんねえ。アミリが真っ先に覚えて、俺たちにも教えてくれよ」

「わかった。教える」

「もう遅いから寝ようぜ。お城から迎えが来るのは朝の九時だろ？　それまでに朝風呂に入って綺麗にしなきゃな」

ぎこちない空気をやぶるようにラーディがほがらかな声を上げ、ネッケも慌てて頷く。

「僕とラーディで、アミリを飾り立ててあげる。シャツもズボンも着古したものばかりだけど、いっぱい洗濯してるから清潔だしね」

「任せろアミリ。おまえが世界でいちばん綺麗な花生みなんだから。俺たちが堂々と背中を押して送り出してやる」

「ありがとう。ふたりとも」

世話好きでお喋り好きなふたりと離れるのがつらい。日常のこともちょっときわどいことも気兼ねなく話せたふたりと、明日からは違う場所で生きていく。

涙が滲みそうな目元を急いで指で拭い、アミリはとびきりの笑みを浮かべた。

旅立ちは、すこし寒さが残る四月の朝だ。

早朝に目を覚ましたアミリは、ラーディとネッケに手伝ってもらいながら支度を調えた。肩甲骨の真ん中に垂れるほどの長さに伸ばしていた赤い髪を丁寧に洗い上げ、手先の器用なラーディが綺麗な編み込みを施してくれた。顔の際にひと房垂れるようにすれば、髪飾りや首飾りを持っていなくてもぱっと華やかになる。

洗いざらしの古い服を身に着けて皆で朝食を食べ、もう一度荷物をチェックしているところへ、城からの使いがやってきた。

持っていくのは鞄《かばん》ひとつ。中には数枚の下着と寝間着、洗面道具が入っている。道中、アミリがおなかを空かせないようにと、紙にくるんだゴマつきパンと水が入った容器をネッケが持たせてくれた。

見事な青毛の馬が引く車と御者《ぎょしゃ》を兼務する使いの者が、修道院の玄関前で待っていた。中年の御者はうやうやしくシスターたちに挨拶《あいさつ》をし、おそる、おそる部屋から出てきたアミリたちに微笑みかける。

「おはようございます、皆様。アミリ様はここからレオナルド陛下付きの花生みとなります。一度城に入りますと、たくさんのしきたりを覚えるまでひとまずこちらに戻ってくることはできません。もちろん、手紙をやり取りすることは可能ですし、城にこもって学ぶのも三か月から長くて半年。その先はアミリ様の好きなようにできます」

「だったら、秋ごろにはまた会える？」

おずおずと訊《たず》ねたネッケに、使いの者は大きく頷く。

「心配召されるな。シスターや皆様にとって、アミリ様はたいせつなお仲間。城でどんなふうに過ごしているか、気になるでしょう。アミリ様は手紙を書けましたよね？」

「はい。シスターからもいろんなことを教わりましたし、レオナルド様からもたくさん本をいただいて、自分なりに学んできました。でも、外の世界をほとんど知らないので、完璧とは言いがたいんですけど」

「大丈夫、城の者どもがさまざまな知識をあなたに授けます。アミリ様は花生みとして、おすこやかにお過ごしになりますよう。――では、そろそろ参りましょう」

「皆、どうか元気で。手紙、たくさん書くから、返事ちょうだい」

「アミリこそ、風邪引かないで。レオナルド様と仲よくね」

「つらくなったらいつでも帰ってこい。三か月待たなくてもいい、我慢しないで戻ってこい」

手を握ってくる親友たちに、堪《こら》えていた涙が目縁を熱くさせる。別れると言ってもたった数か月のこと。そのあとはまた会えるのだから、必要以上に嘆くことはしなくていい——自分にそう言い聞かせるけれど、ふたりの温《ぬく》もりを感じれば感じるほどここから動きたくなくなる。

「さあ、アミリ様」

「——はい」

行かなければ。

ぐっと涙を呑み込み、アミリは友人にくるりと背を向け、急いで馬車に乗り込んだ。優雅な足取りで馬が歩き出し、一度はふかふかの座席に背を預けたが、「アミリ、アミリ」という声に窓から外をのぞくと、ラーディとネッケが懸命に追いかけてくるのが見えた。

「元気でね！　アミリ、ちゃんとごはん食べてね！」

「おなか出して寝るなよ！　レオナルド様によろしくな！」

「……おまえたちも元気で！　手紙、書くから！　皆、元気で！」

しまいには身を乗り出し、どんどん小さくなっていく人影に必死に手を振った。

肩の付け根が痛くなるほど手を振り、とうとう視界から修道院が消えるころ、アミリは深く息を吐き出して座り直した。

膝の上に置いた鞄の取っ手をぎゅっと摑んでうなだれていたが、視界の片隅に自分の赤い毛先が映り込むと、落ちてくる髪を払って顔を引き締めた。

王城に続く道を馬車はゆっくりと進んでいく。

昼過ぎには、無事に城へたどり着いた。

ゴッドバルト城に入るのは正真正銘これがはじめてで、どこまでも続く堅牢《けんろう》な石造りの壁を目にしただけでも呆気《あっけ》に取られた。

宿敵イズアラーンを倒してバルデア大陸統一という野望を阻止し、再び各国が穏やかに生きていけるよう牽引《けんいん》したゴッドバルト王国の真なる強さが城のそこかしこに滲む。

小高い丘にそびえ立ついくつもの薄茶の高い塔は迫力があり、近づいた者を圧倒する。

春のやわらかな陽射しを受けていなければ、城が醸し出す威圧感に怯《ひる》んでいたかもしれない。ゆるやかにせり上がる前庭には鮮やかな黄色い花が咲きこぼれていた。

視界に入りきらない広大な敷地の真ん中にある建物の前に馬車が停《と》まり、アミリは御者の手を借りて猫のようにそろりと座席から降りた。

遠方からだと頑健な印象が強かったが、間近で見るファサードは優美でもあり、けっして無骨ではない。扉を開けて待っていた黒のロングワンピースと白のエプロンを着けた女性たちがアミリを目に留めると、微笑みかけてきた。

やさしくも品のある彼女たちにほっとし、「こちらへどうぞ」と案内されるがままに城内へと入る。外からは想像もつかないほどの煌びやかなシャンデリアはまばゆい光をあたり一面に投げかけ、壁にかかる代々の王の肖像画を彩っていた。

「うそ……王子様だと思ってた……」

しかも、上の王子たちに比べたらだいぶ気が楽だろうという第四王子だとばかり思っていた。そういえば、修道院に迎えにきてくれた使いの者が、何度か、『陛下』と口にしていた。あれはレオナルドのことだったのだといまさらながらに思い至り、羞恥でかっと頬が熱くなる。

レオナルドに会える、花嫁になれると気持ちが急《せ》いていたのだ。シスターにも、『もっと落ち着いてひとの話を聞きなさい』といつも言われていたのに。

「あの、いつ……？　いつレオナルド様が国王に？」

呆然《ぼうぜん》とするアミリに、レオナルドは苦笑いしている。

「驚かせてすまない。先の王——私の父は年が明けてすぐ息を引き取った。長いこと病に伏せっていてね、終戦後の混乱が落ち着く秋まで内密にするようにと厳命されていたんだよ。国民への通達はこれからだ」

「でも、お兄様たちがいらっしゃるはず」

「兄たちは全員、終戦間近の前線でその命を終えた。父と話し合い、口を閉ざしてきたんだ。これ以上、民の士気を下げてはいけないとね。私だけはなんとしてでも生き残るようにと厳命されて、死線から送り返された。だから……いまここで、王座に就いている」

その目に浮かぶ孤独とやるせなさに、アミリは言葉が見当たらなかった。

まさか、そんな大変なことになっていたとは想像だにしなかったのだ。

父王と兄三人の死を背負い、玉座に腰かけているレオナルドをぼんやり見つめ、胸が締めつけられる。

——言ってくれればよかったのに。すこしでもその肩の荷を下ろしてくれたらいいのに。

しかし、レオナルドは胸の裡《うち》を軽率に口にすることはしなかった。

国を率いる者として、熟考した末のことだろう。

余裕がある第四王子ならまだしも、国王の家族になりたいなんて大それたことはとても言えない。

こどもっぽい夢が忘れられずに、のこのことやってきた自分がとたんに恥ずかしくなってきた。

「あの、あ、の……すみません！　なにも知らなくて申し訳ありません！」

平身低頭で謝ると、「アミリ」と焦る声が聞こえてきた。

「きみが謝ることじゃない、頭を上げてくれないか」

「でも、レオナルド様が陛下だって知ってたら」

「ここには来なかった？　きみは七年前の約束、忘れてしまった？」

にこりと笑いかけてくるレオナルドのやわらかな笑みは、はじめて出会った夏の午後よりもことさらに甘い。やさしいパウダーブルーの瞳に浮かぶ誠実な光に、アミリは胸の前で拳《こぶし》をぎゅっと固め、首を横に振った。

「覚えてます。レオナルド様が僕に、『いつか家族になろう』って言ってくださったこと、ずっと覚えてました。忘れるわけありません。戦後の復興も大変でしょうに、僕を呼び寄せてくださって嬉しいです」

「よかった。私もようやくきみにきちんと事情を伝えることができて嬉しいよ。戦争が長引いたことは、王家を代表して深く謝罪したい」

「レオナルド様……いえ、陛下のせいではありませんから。ゴッドバルト王国の勝利を信じてました」

「そう言ってもらえるとほっとする。ねえアミリ、あらためて私の家族になってほしいんだ。どうだろう？　もちろん、きみのいやがることは絶対にしない。アミリの居心地を最優先したいんだ。このまま家族として過ごしてくれたら私は嬉しいが、答えを急ぎたくなかったら、こころが決まるまで好きなだけ滞在してくれ。いっぺんに受け止めるのは大変だろう」

　アミリに問いかけながら、レオナルドは視線を宙に据える。

「――食事はできるだけ一緒にしたい。この七年間、たびたびきみと会っていたとはいえアミリもぐんと成長したし、私もいろいろとあったからお互いに深く知っていくことができたら嬉しいんだ。食事はアミリ好みにする。湯浴みの温度や寝室の色遣いも、アミリの好みに合わせたい。服も、部屋に飾る花もすべてアミリの好みに――」

「だ、大丈夫です。問題ないです、ぜんぜん。むしろ、僕が陛下をお支えしたいぐらいです」

　放っておいたらひと晩中熱に浮かされたように喋り続けそうなのは、どうやら自分だけじゃないらしい。レオナルドもだ。

　アミリがこくこく頷くと、そばに控えていた侍従がこほんと咳払《せきばら》いする。六十過ぎとおぼしき侍従は見事な山羊鬚《やぎひげ》を蓄え、澄ました顔だ。

「陛下の願いが叶《かな》いましたこと、私どもも大変嬉しゅうございます。ひとまず、アミリ様も城に着いたばかりでお疲れのことかと。お部屋ですこし休んでいただくのはいかがでしょう？　陛下も次のお約束が」

「ああ、すまない、私としたことが。アミリと家族になる日を待ち続けていたから、うっかりのぼせ上がってしまった。恥ずかしいな」

うっすらと耳を赤らめて笑う国王は、記憶違いじゃなければアミリよりずっと年上で、今年三十五歳になるはずだ。そんな大人の男がくすりと笑うと、どうしてだかかわいいなと不敬なことを考えてしまう。

「ごめんね。きみの部屋を用意したから、今夜と明日はゆっくり休んでくれ。明後日《あさって》、きみのための夜会を開くつもりなんだが、どうだろう？」

「光栄です。でも、ほんとうに特別なことはしなくていいんですけど……」

——あなたに会えたのがいちばん嬉しいから。

もごもごと呟くアミリに気づかず、レオナルドはひとつ頷く。

「セバス、部屋に案内してやってくれ。アミリ、きみの願いはどんなことでも叶えてあげる」

「ありがとうございます」

興奮と正体不明の熱が身体中に渦巻いて、すこしもじっとしていられない。名残惜しそうに王座を離れるレオナルドに深々と頭を下げたあとは、侍従のセバスに連れられて部屋を出た。

アミリに用意された部屋は、見事ならせん階段を上がっていった先にある二階の奥だ。

「うわ……、広い！」

セバスが開けてくれた扉からそうっと身をすべり込ませるなり、豪勢な室内に思わず声を上げてしまった。

なめらかなオフホワイトとコバルトブルーを基調とした内装は、ゴッドバルト王国の旗にちなんだカラーだ。両開きの大きな窓前に設《しつら》えられた机も椅子も余裕たっぷりで、そばには昼寝ができそうなカウチもある。

「こちらが寝室でございます」

「……え、え？　こんなに大きなベッド、僕ひとりで使っていいんですか？」

居間と隣り合う寝室の真ん中には、天蓋《てんがい》付きの寝台が据えられている。大人がふたり横たわっても、まだまだゆとりがありそうだ。修道院では二段ベッドで寝起きしていただけに、身に余る豪華さに声を掠れさせると、セバスは「もちろんでございます」とおかしそうに肩を揺らす。

「気兼ねなくおくつろぎください。今夜から私どもがアミリ様のお世話をいたします。あとで、あなた付きの侍女と教育係も連れて参りましょう。侍女が湯浴みや着替えをお手伝いします」

「それぐらいは僕自身でやりますよ」

いきなり環境が変わることに、期待と同じぶんだけのとまどいもある。

身の回りのことは当たり前に自分でこなしてきたし、セバスたちの手を煩わせるのは申し訳ない。そう言い添えたのだが、セバスは「いえいえ」ともったいをつけて首を横に振った。

「あなたは陛下のたいせつな方。どんなささいなことでもお申し付けいただけたほうが、私どももしあわせです」

「……はい、がんばります」

セバスの声にすこしでも意地悪さを聞き取っていたら、警戒していたと思う。

この身体から花を生み、男性でも子宮を持つという特殊性だけに、他人の態度には敏感なほうだ。花食みや花合いより華奢《きゃしゃ》で怖いほどの美しさを持つ花生みは、ひとの群れに混じっていてもすぐにそうと知られる。

好奇なまなざしを受けるのはとっくに慣れているが、侮蔑の対象にされるのはいやだ。

セバスに二心があるわけではないらしく、控えめな態度で説明を終えてから引き下がり、今度は健康的な美にあふれたエネルギッシュな女性が室内に入ってきた。

豊満な胸やきゅっとくびれた腰だけを見ればセクシャルな印象が強いが、全身から発散する力強いオーラは彼女を明るく、逞しく見せている。

「はじめまして、シャクと申します。本日、レオナルド陛下よりあなたの教育係を拝命いたしました」

「よ、よろしくお願いします」

浅黒い肌が艶やかで、きらりと輝く黒い髪と瞳が印象的なシャクに慌てて頭を下げると、おかしそうな笑い声が返ってくる。

「そう固くならないでくださいませ。ねえねえ、おなか空いてらっしゃる？　疲れてませんこと？　広いお城で驚かれたでしょう。たいていの客人は迷子になるんですのよ」

「は……」

屈託ない笑みに肩の力が抜けた。同時にたまらない空腹感を覚え、低く唸《うな》るおなかを両手で押さえた。

「なんか、突然おなか空きました……」

「でしょう。おいしい焼き菓子とお茶を運ばせましょう。よかったらすこしお話ししませんこと？」

「ぜひ」

気さくなシャクに誘われるまま、アミリはテーブルに着いた。斜め向かいにシャクが腰かけ、呼び寄せた侍女と談笑しながらお茶を注いでくれる。繊細な青の花模様が描かれたカップからふわりと立ち上る香りを胸いっぱいに吸い込んでいると、「いい香りでしょう」とシャクも嬉しそうだ。

「こんなに甘くてうっとりする香り、はじめてです……」

「王家御用達《ごようたし》の茶葉です。毎年、ほんのちょっぴりしか採れない新芽を使っていて、とくにレオナルド陛下のお気に入り。さあどうぞ」

「いただきます。……ん、おいしい……」

「お気に召していただけて嬉しい。こっちのクッキーとマフィンもどうぞ」

勧められた焼き菓子はどれも香ばしくて、口の中でほろりと溶け崩れる。王宮に入るということは、こんな美味にも近づけるものなのか。

「このぐらいで驚いていたらいけません。明後日の夜はあなたのためにレオナルド陛下が祝賀会を開きます。そこで出されるお料理に私も関わっていますけど、それはもう見事なものですわ。バルデア大陸中からえりすぐりの食材を集めて、見た目も舌触りも抜群のものだけをご用意します」

「光栄です。でも僕、舌が肥えてるわけじゃないから、なにを食べてもおいしいって思うかも」

「でしたら、私のスペシャルなひと皿も混ぜちゃおうかしら？　なんて、陛下のたいせつなお客様を実験台にしてはいけませんわね。私、辛口の料理が大好物なので、たまに陛下にもご試食いただくのですけど、胃が焼けるほど辛いんですって」

冗談めかしたシャクを見つめると、彼女はおかしそうに肩をすくめる。

「料理の腕前には自信がありますが、辛ければ辛いほどいいなんて思うところもあるので、品のある味に親しまれている陛下のいい気分転換になってるはずですわ」

思わず笑ってしまった。

真っ赤に塗ったくちびるをきゅっと吊《つ》り上げるシャクが、黒曜石のような瞳でのぞき込んできた。

「アミリ様は花生みですわね。ひと目見たらわかる美しさですもの。花生みが流す涙から薔薇が生まれるっていうのはほんとうですの？　痛いほどの孤独と愛を知った薔薇の涙を流す花生みを娶《めと》った王が統べる国は、どこよりも繁栄するといいます」

「孤独と愛……ですか」

もうひとつの感情は愛だったのだとはじめて知った。

花生みなのに、自分の特性がいまいちよくわかっていないと恥じつつ打ち明けると、シャクは、

「そういうものですわよ」とさらりと受け流す。

「誰だって自分のことがいちばんわかりません。私が知ってる花生みは、その不思議な身体ゆえか狂おしい孤独に苛《さいな》まれつつも、強く愛してくれる花食みにかならず巡り会っています。この目で薔薇の涙を見たことはないんですけど、とても神秘的な存在ですわね」

やさしいうえに寛容なシャクにほっとし、アミリは微笑んだ。

「僕も薔薇の涙を流したのは一度きりです。お城の中に花生みっていないんですか？」

「もちろんおります。レオナルド陛下たち王家は花食み一族で、花生みと結ばれることが多いんですの。王家の直系は残念ながらレオナルド陛下だけになりましたけども……」

「父王様やお兄様たちが亡くなられたことは、先ほどすこしだけ伺いました」

「お労《いたわ》しいですわ……。それでも、陛下は先王の遺志を継いで、この国を再建しようと懸命ですの。国の復興には隙のない計画と巨万の富、それに思いやりや愛も大事ですわ。だから、陛下はアミリ様を呼び寄せて一緒に暮らそうと申し出たのですね」

「僕なんかでお役に立てますか？」

「むしろ、あなた以外に務まらない役目です。ちなみに私は色気の欠片《かけら》もない花合いです」

「てっきり花食みかと思ってました」

「ふふ、よくそう言われます。花食みは権力者がほとんどかしら。やはり、花生みという特別な存在に体液を分け与え、生かす存在ですものね。城内の花生みは皆、たいせつにされていますわ。パートナーがいる花生みも、そうではない花生みも全員。頑丈な花合いとは違って、繊細な部分があると聞いておりますし」

シャクの言葉に胸を撫で下ろした。

丈夫で強い花食みや花合いとは違う。

泣いて花を生むのは想像以上にエネルギーを必要とし、そのたびにひどく体力を消耗する。普段から日光をよく浴び、よく食べ、栄養を蓄えているが、ときどき感情があふれて思わず泣いて花びらを散らしたあとは、疲労で寝込んでしまうこともある。

すこし面倒な花生みの身体の仕組みをシャクたちはこころ得ているようだ。

「僕がいた修道院でも花生みは守られてきましたけど、一歩外に出たらどうなんだろうって心配してたから……シャクさんの話を聞いてちょっと安心しました」

修道院のシスターたちは全員、花合いだった。穏やかで協調性があり、花の涙をこぼす花生みのことを大事にしてくれていたことはアミリもよく知っている。

お茶を楽しみながらシャクに城内での暮らし方を聞いていたら、あっという間に時間が過ぎていく。

「いけません、つい話し込んでしまいましたわね。お疲れになったでしょう。今日はゆっくりなさってください」

「ありがとうございます。あの、あなたが教育係なら……」

花嫁修業もできますか、と言いかけて言葉を呑み込んだ。

ついさっき、レオナルドがゴッドバルトの王だと知ったばかりだ。王子が相手でも、「花嫁にしてください」と申し出るのは勇気がいるのに、王となったらもっと恐れ多い。格が違いすぎる。

「すみません、なんでもありません。シャクさんのお手を煩わせないといいんですけど。僕はここでなにを学ぶんですか？」

「すべての学問と、ひとりの人間として自立できるように生活力も養っていただきますわ。簡単に言うと、お料理などの家事全般ですわね。それに社交術も身につけていただきますし、食後に楽しむ上品な賭け事もね。一方的に巻き上げられないように、勝ち逃げできる術《すべ》をお教えしますわ」

いたずらっぽい目つきのシャクにアミリも笑ってしまった。どうやら、シャクは勝負好きらしい。

「なにかあったら、いつでも気軽に私やセバスを呼んでください」

「ありがとうございます」

シャクを送り出し、侍女の手を借りてゆっくりと食事を終えたあとは風呂で手先までぽかぽかにして、ベッドにすべり込んだ。

慣れない環境で、きっと今夜は眠れない。

そう思ったのも一瞬で、緊張がいっぺんにほどけたのか、アミリはことんと眠りに落ちた。

夢を見た、気がする。

——ずっと、ずっと昔。よく晴れた夏の午後、あの修道院の裏庭で僕はひとり泣いていた。寂しくて寂しくておかしくなりそうで、泣くしかなかった。情けないけど、これから先ずっとひとりなんだと思ったら涙しか出なかった。そこに、レオナルド様が現れて、褪《あ》せた色の夏は突然鮮やかになった。やさしい声、目縁をたどる温かい指先、ぜんぶ覚えてる。幼い僕は、あの一瞬でこころのすべてをレオナルド様に奪われた。あれが僕の初恋だったんだ。

甘くてもどかしい想いが、アミリの夜をそっと覆っていく。


翌朝、侍女のやさしい声で起こされたときには、いったい自分がどこにいるのかわからなかった。

長年、修道院で大勢のこどもたちと寝起きしてきただけに、生まれてはじめて得た静かな時間にアミリは浸りきった。

いままでは誰かしらがそばにいて、ああだこうだと話しかけられたり、お使いで慌ただしく街に出かけたりもした。

しかし、いまのアミリはたいせつな客人のひとりだ。ソファでぼうっとしたり、バルコニーから続く庭を散歩したりしているうちに気分がほぐれ、自然とおなかも空いてくる。

夜には侍女がふたり入ってきて、湯浴みと着替えを手伝ってくれた。今夜はレオナルドと食事をする予定だ。

「なんてお綺麗なんでしょう……いままで数人の花生みさんを目にしましたけど、アミリ様ほど透けるような肌と煌めく瞳の持ち主には会ったことがありません」

「ね、この真っ赤な髪も炎のように綺麗です」

手放しで褒めてもらえてもじもじしてしまう。風呂から上がり、タオルにくるまっていると、侍女が大きな箱を見せてくれた。

中には、美しい服がひとそろい入っている。色は明るいグレイ。シャツは白。

「綺麗な服ですね……！」

「陛下がアミリ様のために誂《あつら》えたそうです。お召しになりますか？」

「採寸してもらってないんですけど、大丈夫かな」

「すこしぐらいの針仕事は私たちもできますから」

楽しそうな侍女たちに着せてもらった服は、不思議なほどにぴったりだ。シャツやジャケットの袖もズボンの裾もちょうどよく、光沢のある生地はしっとりと肌に吸いつく。

「どうしてサイズがわかったんだろ……」

「ふふ、陛下は意外と鋭い方ですから。アミリ様をひと目見ただけでだいたいのサイズとお似合いになる色がわかったんですのよ。お針子たちがひと晩で仕上げたと得意そうに言ってましたもの」

　腰の高い位置までのショートジャケットの襟元には、手縫いでかがられたボタンホールがひとつ。そこに花を挿《さ》すのだろう。アミリのすらっと長い足を際立たせるデザインのズボンは丁寧にプレスされていた。これに、ふんわりと幅広のタイを締めるらしい。

「最高級のコットンとシルクですわね。アミリ様の深紅の髪が引き立ちます。このまま髪を垂らしていても素敵ですけど、結い上げてみませんか？　お耳をすっきり出すスタイルのほうがアミリ様にお似合いです」

「じゃあ、お願いします」

　うきうきした様子の侍女たちが化粧台の前にアミリを座らせ、湿り気を飛ばした髪を器用にまとめていく。修道院にいたときもよく髪をまとめていたが、ただうしろで一本にくくるだけという素っ気ないものだった。しかし、みるみるうちに侍女たちが赤い髪を独創的なかたちにまとめ上げ、思わず鏡の中の自分に見入ってしまう。

「できました。いかがです？　私たちの自信作です」

「すごい……、僕じゃないみたいです」

驚くのもむりはない。ついさっきまで垢抜《あかぬ》けなかった自分が、あっという間に洗練された装いに変わったのだ。洒脱《しゃだつ》な印象の服も赤い髪も、レオナルドは気に入ってくれるだろうか。

──やっとお城に来られたんだ。レオナルド様の特別な花生みになりたい。花嫁になりたい。『家族になろう』という言葉よりもう一歩深い約束、あの方は覚えてるかな。

過去に想いを馳《は》せると、どうしたってふわりと頰が熱くなる。

うっすらと顔を朱に染めるおのれはやっぱり以前のままの、ちょっと冴《さ》えない自分だ。アンバランスな自分がレオナルドの興を削《そ》がないといいのだが。

祈るようなこころもちで夕食の席に赴くと、天井の高い広間で待っていたレオナルドが長大なテーブルの先端で目を瞠り、腰を浮かす。

「とても綺麗だ……。きみほど美しいひとは見たことがない」

「そんな、おおげさですよ」

感に堪えない声のレオナルドに照れ、誘われるままに席に着いた。

「おおげさなんてことはない。アミリはまるで花の化身だ。生まれたときから花々の神に愛されてきたんだよ。ここに座って、私にもっとその愛らしい顔を見せて」

斜向《はすむ》かいの席を促がしてくるレオナルドに頷いた。彼のほうこそ、光り輝く王だ。落ち着いたベージュのジャケットに高貴な印象のあるチョコレートブラウンの幅広タイがよく似合う。蕩けるような笑みを向けてくるレオナルドは「今日はどう過ごしていたのかな?」と訊ねてきて、食前酒が注がれたグラスを傾ける。アミリも弾けるような味わいの軽い飲み物で喉を潤し、「のんびりしてました。

庭にも出ましたけど、とても綺麗ですね」と言う。

「色とりどりの花が咲いてました。チューリップもかわいかったし、ムスカリも可憐《かれん》です。春らしさでいっぱいの庭でした」

「きみがいる部屋の庭は私たち王家の者だけが日常的に見るから、やさしい花々を植えているんだ。気に入ってくれたならよかったよ。ムスカリの花言葉を知ってるかい？」

「いえ、恥ずかしながら」

「『絶望』『失意』と怖い花言葉なんだよ。でも、『寛大な愛』という明るい言葉も持っている花だ。あんなに小さくてかわいらしい花なのに意外と重い印象だろう」

「確かに……ムスカリを誰かに贈ることがあったら気をつけなきゃいけませんね。先に陛下に教わっておいてよかったです」

王家と繋がりがあった修道院には教育熱心なシスターがそろい、週に三度は街の学校にも通っていたけれど、いま耳にした花言葉のような雑学はあまり身についていない。普通の家庭に育っていたら息をするように染み込んでいく教養が欠けていることは、アミリ自身痛感している。レオナルドと比べると、余裕というものが圧倒的に足りない。

未熟な自分を晒《さら》すのは恥ずかしいが、黙っていてもバレることだ。

品も学も備わっているレオナルドから見たら、アミリはただの世間知らずでしかない、きっと。

時間をかけて運ばれてくる料理は、どれもこれも目が飛び出るほどにおいしい。王家の目が行き届く修道院でもきちんと食べさせてもらっていたが、あくまでも人並みだ。スープとパン、メインの三皿が当たり前だったアミリにとって、華やかな前菜から始まるフルコースは見ているだけで満たされる。

「きみに教師がついたら勉強してみてもいいと思う？」

「ぜひ。シャクさんからも、すべての学問と生活力を身につけるようにと聞いています。ほかにもできることがあれば、そちらも挑戦したいです」

「では、望みどおりに。城での過ごし方についてはシャクが教える。学問としては化学、数学、文学、天文学、芸術も知りたい？」

「知りたいです。いまの僕には浅い知識しかないから」

「わかった。馬術や狩りについても学びたいかな？」

「もちろんです！」

それまでおとなしく答えていたが、馬に乗れるかもしれないとわかったら、思わず声が弾んでしまった。

動物と触れ合う時間が持てるのだと知ってにこにこしてしまった。そんなアミリに気づき、レオナルドも破顔する。

「そういえばアミリは動物が大好きだったね。修道院にいたころ、近くの民家で飼っていた犬をとてもかわいがっていたと話してくれたことがあったっけ」

「はい。おじいちゃん犬で去年亡くなったんですけど、すごく賢くて。たまにそこにお使いに行く僕や仲間の顔はしっかり覚えてくれて、見慣れない旅人はちゃんと警戒してたんです。いい子ですよね」

「ああ、ほんとうに」

「そこの家、犬のほかに馬も飼ってたんです。あと、にわとりも。にわとりってとっても人懐こいんですよ。会うたび挨拶してたら、ある日いきなり『コケッ』って返事されてびっくりしました。ひよこがいっぱい生まれる時期は、僕も友だちも駆り出されてお世話してたんです。陛下、ひよこに触ったことあります？　ちっちゃくてふわふわしていて、お椀《わん》みたいにした手の中に入れてあげると安心してそのうち寝ちゃうんです。大人のにわとりはそうはいきませんけど、ひよこはどこまでもあとを追ってきてぴーぴー鳴くんですよ。黄色い兵隊がどこまでもついてくる感じで、もうほんとすっごくかわいくて……あ」

レオナルドばかりか、侍従のセバスや侍女たちの視線を一手に引き受けていることに気づき、はっと姿勢を正す。

自分ばかりが熱心に喋り、あろうことか一国の王を聞き役に回してしまった。

「す、……すみません！　一方的に喋ってしまって」

不敬だと怒られるだろうかと身をすくめ、慌てて周囲を見回した。そばに控えているセバスは目を白黒させているが、レオナルドが我慢できずに噴き出したのをきっかけに全員おかしそうに肩を揺らす。

「いや、すまない。あまりにきみがかわいくて聞き入ってしまった。残念ながらひよこに触れたことはない。我が城でもにわとりを飼うべきかな」

「……はい。いたら、僕がお世話します。最後は食べちゃうかもしれませんけど」

気を悪くしたのではないとわかってほっと胸を撫で下ろしていると、軽口を叩くアミリにレオナルドは楽しそうに頷いた。

「まずは私の愛馬に馴《な》れてもらって、そのうちもっとたくさんの動物に触れたくなったらいろいろと迎え入れよう。約束だ。アミリ、この城はきみのものだ。きみが過ごしやすいように変えてくれ」

「恐れ多いことを。僕は普通の花生みでしかありません」

「私の家族だろう？」

うつむいてしまいたくなるが、それをやさしく阻むように温かい瞳を向けられる。そのやわらかな光に救われた気がして、アミリは小さく微笑み、「はい」と頷いた。

——花嫁になりたいって言ったことは覚えてるかな。

いくらふたりで食事をしているといっても、考えなしにそんな疑問を口にすることはためらわれた。

もうすこし、王城での暮らしに慣れてから聞くのでも遅くはないだろう。

夕食の時間を楽しいものにするため、アミリは修道院時代のエピソードをあれこれ披露し、和やかに時間が過ぎていく。レオナルドが終始嬉しそうな顔をしているのが印象的だった。

——戦い続きで、家族も失って、ずっと寂しかったのかもしれない。僕も家族はいないけど、ネッケやラーディがいた。安心できるひとがいた。これからは、レオナルド様を僕がお支えしたい。ほっとしてもらいたいし、笑わせたい。

「こんなに楽しい夜も久しぶりだな」

アミリが語る思い出話にレオナルドが大笑いし、隣に立つセバスも目を細める。

「よろしゅうございました。私どもも、陛下のそんなお顔を見るのはほんとうにいつぶりのことか」

食後のお茶までおいしく飲み干し、夜も更けてきたところでお開きとなった。

なんだったらひと晩じゅう語り明かすこともできるけれど。

——まだ話していたいけど。

うずうずするが、城にきてまだ二日めだ。そう焦らなくていいと自分に言い聞かせ、レオナルドと別れて部屋に戻った。

寝る前にもう一度湯浴みをしておこうと、修道院から持参した縞《しま》模様の寝間着を手に取ろうとしたところで、寝台の脇に新しい衣類が置かれていることに気づいた。広げてみれば、裾の長い真っ白な寝間着だ。小さなメモも一緒に添えられている。


——アミリへ。城で過ごす夜も二日めとなればすこし落ち着いただろうか。最初の晩はきみが馴染んでいる寝間着のほうがよいかと思っていたが、今夜からはもしよければこれを着て、気兼ねなく城の住人になってほしい。なにも心配せずに眠りにつくことを願っている。また明日、一緒に過ごせるよう私も公務を早めに終わらせて、午後にはきみに愛馬を紹介するよ。おやすみ、アミリ。いい夢を。

気にかけてくれていることが嬉しくて、侍女の手を借りて湯浴みをしてから大判のタオルで肌に散る水滴を拭き取り、急いで寝間着をかぶった。どこも締めつけない生地はやわらかく、心地好い。すっかりくたくたに着古した寝間着とは大違いだ。

「気持ちいい……」

侍女が下がったあと、ひとり呟いてぱたんとベッドに仰向《あおむ》けになり、深く息を吸い込んだ。こぼれんばかりの花々と天使が描かれた天蓋は見事なもので、アミリの眠りを守ってくれそうだ。

まだ寝るには早い時刻だが、起きていてすることもない。レオナルドにまた会えるのも、シャクによる勉強も明日以降だ。となれば、今夜はさっさと寝たほうがいい。

もらったばかりの寝間着はすでに何度か水にくぐらせているのか、肌馴染みがいい。存分にベッドをごろごろし大きく息を吐いたところで、誰かが部屋の扉をノックしていることに気づいた。

慌てて跳ね起き扉を開けると、そこにはなぜだかレオナルドが立っていた。彼はまだ食事のときの服装のままだ。

「陛下……！　どうなさったんですか、こんな夜更けに」

うっかり声を上げてしまった。周囲の部屋から従者たちが飛び出してこないかと慌てて廊下をのぞいたが、幸いなことに誰も気づいていないようだ。

「きみとふたりだけでもうすこし話したくって、忍んできてしまった。いやかい？　迷惑だったらすぐ退散するよ」

心配そうな声のレオナルドに、「迷惑なわけないじゃないですか」と言いきり、室内に招き入れた。

「なにか温かいお茶でも飲みませんか」

「いいね」

「お座りになってください」

きりりとした装いのレオナルドが横にきて、カップボードから花柄模様の茶器を取り出す。アミリはいったん部屋を出て、侍女たちの控え室で熱いお湯をポットに分けてもらった。戻ってみれば、レオナルドの手によって美しい瓶が棚から出されている。昨日の昼間、シャクが教えてくれたレオナルドお気に入りの茶葉だ。

花を乾燥させて作られた茶葉が蒸らされていい香りを放つまで、しばし待つ。そのあいだ、レオナルドは所在なげに室内をうろうろし、最後はようやく椅子に腰を落ち着けた。この部屋にはふたりまでなら食事ができるテーブルセットとソファ、そしてクッションも用意されている。

甘い花の香りは静かな眠りを誘うようなやさしさだ。

仕上げにはちみつを一滴垂らしてから、ソーサーに載せたカップのひとつをレオナルドに手渡し、互いに花の香りを深く吸い込んだ。それからゆっくりと茶を啜《すす》った。

「おいしい。……すこし甘いような気がするが」

「はちみつを溶かしてあります。甘味はおいやじゃありませんでしたか？」

「いやではない」

「僕も大好きです。今度、はちみつを混ぜ込んだクッキーを作りますね。修道院で習ったんですけど、唯一僕が作れるお菓子です。口の中でほろほろ溶け崩れて、あとを引くおいしさですよ。厨房《ちゅうぼう》の隅っこを借りてもいいですか？」

「ああ、もちろん。楽しみにしている」

レオナルドはゆったりと息を吐き出し、室内を見回す。

「あえて聞かせる話でもないんだが、私の父や兄上たちのことをもうすこし知っておいてほしくてね」

「お聞かせいただければ嬉しいです」

前のめりに腰かけると、レオナルドは静かに茶を啜り、舌先でくちびるを湿らせる。

「昨日話したとおり、父上は年が明けてすぐ、病で亡くなった。三人の兄たちは指揮官として、終戦間近の激化した最前線で命を落としてね。……王妃である母上も心労がたたったんだろう。父上よりもすこし前に病で亡くなっている」

「それは……」

「妻を看取《みと》るまでは死ねないと父上も気を張っていたんだろうね。そのあと、一気に病状が悪化して天に召された。最後は薬がよく効いたのか、あまり苦しまなかったことはほっとしている」

「皆様の国葬は……これからですか？」

「ああ、順を追って。ここ最近、先王の代理として私が公務に携わっているし、ほとんどの国民は父上や母上、兄上の死に気づいているよ。ただ、いまは皆、普通の暮らしに戻ることを優先しているからね。国葬はまだすこし先で、できるだけ国費を圧迫させないようにというのが父上の遺言だ」

言葉もない。

すべてに恵まれた王だと思っていたのに、家族全員を見送っていた事実をあらためて聞かされると胸がふさぐ。物心ついたときには両親がいないアミリも相応の寂しさを味わってきたが、レオナルドぐらいの年齢で身内をすべて失った虚無感はいかばかりか。

「これで兄上たちのどなたかが結婚して、御子《おこ》を生んでいたら話も変わっていたんだろうが……あいにく、そんな時間はなかった。皆、私にすべてを託して逝《い》ってしまったよ」

「レオナルド様……」

レオナルドの手をそっとやさしく、両手で包み込んだ。

「お寂しかったでしょう」

「……そうだね。だが、いまはきみがいてくれる。アミリが私のそばで微笑んでくれる日だけを願って、この一年近くを過ごしていた気がする」

目を伏せたレオナルドはカップの縁をゆっくりと親指の腹でなぞり、「すべては」と低く呟く。

「戦争のせいだ。イズアラーンが戦を始めたことで、私たちの人生の半分以上は血なまぐさかった。主要な戦地で指揮を執ることになった兄上たちもそうだ。二十年近く続いた戦いを自分の代で終わらせるのは、父上の悲願だったんだよ。秋までには皆の国葬を終える。その後、私が即位したことも伝えるつもりだ」

ゴッドバルトはもともと強国として知られていたが、北に位置するイズアラーンがバルデア大陸統一を懸けて周辺国に戦いを挑んできたことで、ふたつの大国は衝突を繰り返し、大勢の犠牲者を生んだ。

アミリもそのひとりだ。ゴッドバルトの片田舎《いなか》ですら敵襲を食らって両親はあえなく命を落とし、アミリは親切な村のひとによって修道院に託された。

写真も絵も残っていないから、実の親がどんな顔なのかも思い出せない。名前をつけて、いとおしんでくれたのは間違いないが。

修道院のシスターたちが戦乱の世で必死に育ててくれたこと、そしてその修道院の庭でレオナルドに出会えたことのほうがいまはたいせつだ。

「イズアラーンの兵士には会ったことありませんが、冷酷で残忍な者たちだと聞いたことがあります。捕まったら生きて帰ることはできないって……。でも、陛下のおかげで、僕たちは無事こうして生きていられます」

「やさしいね、アミリは。二十年近く、戦のことしか頭になかったような王家をなじらないのかい？」

「陛下たちだってたくさん、たいせつなものを失ってます。復興だって大変でしょうし、なじるぐらいなら、役立つことがしたい。これからのゴッドバルト王国を支えるのは陛下ですよね？　なにかしてほしいこととか、ありませんか」

懸命なアミリの声に、レオナルドは目の端をやわらかくする。

「きみを手元に呼び寄せたら尽くしたいと思っていたが、……先にこんなに嬉しがらせてもらえるなんて罰が当たってしまうな。アミリ、きみが私のそばでもっともっと成長していくことを望んでいる。きみのすこやかな日々が、ゴッドバルトの平和の象徴になるんだ」

「たいしたことはできません。あの、ほんとに。動物は大好きだけど……それ以外の勉強はちょっと自信ないし……」

もごもごと口ごもるアミリにレオナルドは満足そうにお茶を飲み干し、あらためて室内を見回した。

「この部屋はどうだろう。なにか変えてほしいことはあるかい？　もっと広いところがよければべつの部屋を」

「いえ、ここで大満足してます。修道院では仲間と三人でひとつの部屋を使ってたんですよ。二段ベッドでは隠しごともできませんでした」

くすくす笑い、あてがわれた部屋の美しさを噛み締めた。居間と寝室、浴室の三つがもらえただけで十分嬉しい。

「それと、今日の服も、この寝間着もありがとうございました。僕のサイズ、よくご存じでしたね」

「相手の体格がどんなものか、一瞬で判断するのが父の癖だったんだ。戦争が長引いて物資にもいまよりもっと困っていたころ、服は繕って何度もたいせつに着るものだと教わった。ひとは、細かく採寸しなくてもだいたい合うサイズの服を着るだろう？　そのとき、妙に小さかったり、ぶかぶかだったりすると士気が下がってしまう。ひとがひととしてきちんと生きるためには、身体とこころに合った服を着るのがたいせつなんだよ。アミリにもたくさんの衣装をこしらえてあげよう。好きな色はなに？」

「明るい色が好きです。空色とか黄色とか……やさしいピンクも好きです。花生みだからかな、自然に咲く花の色ならなんでも好きです」

「私もやわらかな色が好きだ。その寝間着、私とおそろいの生地なんだよ」

「光栄です！　陛下と同じ寝間着なんだ」

「もうレオナルドとは呼んでもらえないのかな？」

ちょっと寂しそうな声に目を瞠った。空のカップを軽く揺らしているレオナルドはアミリよりずっと年上の男性だが、ふとした瞬間に見せる表情はとても純粋だ。

「だって、陛下は陛下ですよ。そんな、お名前を軽々しく呼んだら、叱《しか》られます」

「誰に？　この国でいちばん発言権が強いのは私だが」

「そうですけど」

混ぜっ返されて、思わず上目遣いにレオナルドを睨んだ。

「昔は名前を呼んでくれたのに。私たちは家族になるんだよ――いや、わかった。きみが私の名前を呼んでくれたら、ちゃんと返事することにしよう」

「陛下？　なにをおっしゃるんですか」

問い返したが、レオナルドは澄ました顔をしている。どうやらほんとうに名前を呼んでほしいらしいが、失礼に当たらないだろうか。

「セバスさんだってシャクさんだって、陛下のことは陛下と呼んでましたよ。レオナルド陛下って」

懸命に言っても返答はない。

「僕が馴れ馴れしくあなたを名前で呼んでしまったら困りませんか？　なんというかこう、周囲への示しがつかないとか、目上の者に失礼だとか」

「……」

口を閉ざすレオナルドの頑固さに内心ちょっと呆《あき》れてしまった。結構こどもっぽいひとなのだろうか。我を通さないと気がすまないのだろうか。

「家族になろうって言ってくださったのは嬉しいです。ほんとうに嬉しいです。でも、礼儀は守ったほうが――もう、レオナルド様ったら！」

頑として目も合わせないひとにむっとしたとたん、レオナルドが、くっと肩を揺らして笑い出す。弾けるような笑い声はいかにも楽しげで、呆気に取られた。

「きみは素直でいいよ、アミリ。怒ったり喜んだり、くるくる表情が変わってずっと見ていたくなる。そのまま、これからも私のことは名前で呼んでくれ」

勢いでうっかり名前を口にしてしまったことに内心焦ったものの、喜ぶレオナルドを見ていたら気が抜けてしまう。

「遅くまで居座ってすまない。今夜はもう寝なさい。明日の夜会を終えたら、私もいつもどおりの日々に戻る。国を立て直すためときどき城を離れて地方に視察に行くこともあるが、花生みのきみに心地好く過ごしてもらえるよう尽力する。花食みの私自身、たったひとりの花生みに尽くすのはこれがはじめてだから、なにができるか心配だが……同じ空間で一緒に過ごすのは問題ない？」

「ないです。むしろ、嬉しいです」

ふたりきりでいると、とくべつ触れ合っているわけではないのに温かいエネルギーを感じる。運命を感じた花食みだけが発することのできる穏やかな力は、アミリを満たしてくれるようだ。

「もう、このお部屋だけで十分ですよ。レオナルド様が不在のあいだも、ちゃんと身体に気をつけて過ごすようにします」

「完璧なケアをできるよう努めるよ」

静かな部屋で寝起きできるだけでも恵まれている。そう告げると、席を立ったレオナルドが近づいてきて、アミリの頭にぽんと手を置いた。

驚いて見上げれば、パウダーブルーの瞳と視線が交錯する。淡い空色はこれから訪れる夏の鮮やかさを思い出させた。

温和で品のいい王だが、戦火で荒《すさ》んだ国を立て直そうという懸命さも伝わってきて、力及ばずとも寄り添いたくなってしまう。

ずっとずっと昔、修道院の裏庭で出会ったときみたいだ。あのときもこんなふうに向き合い、互いの目をのぞき込んだ。そして、アミリは彼の家族に——たったひとりの花嫁になりたいと願ったのだ。

あの日のことを思い出すと、身体の奥底にうずうずした熱がこみ上げてくる。

甘ったるくて、むずがゆくて、なんとなく手に負えない感情は勝ち気なアミリを振り回す。

「……レオナルド様……」

しかし、言いよどんだ。

——あなたの花嫁になりたいって言ったこと、覚えてらっしゃいますか？

なんでもない顔で聞くには、立場が違いすぎる。

第四王子相手だって十分気を遣うのに、いまやレオナルドは国王だ。戦を終わらせたゴッドバルト王国を率いていく重要な人物の花嫁に立候補するのは、いくら心臓が強いと自認するアミリでも気が引ける。

惑うアミリの心中に気づいたのだろう。レオナルドはくしゃりと目尻をほころばせ、アミリの燃えるような赤い髪を軽く撫でる。

「ここから、ゆっくり互いを知っていこう。なんでも気軽に言い合える仲を目指していこう。アミリのことだけ考えていたい私はさておき、きみのほうはまだこの状況に馴染むので精一杯だろうから。焦らず、毎日すこしずつ家族になっていこう」

「……はい」

先を急がない声がなんとなく残念な反面、ほっともしている。

花嫁にしてくれると約束したことをいまこの場で口にし、慌ててかき乱さなくてもいいだろう。

気短な自分がいつまで我慢できるかわからないが、やさしいレオナルドの笑みは信頼に値する。

——ともに過ごす時間が増えていけば増えていくほど、花嫁に近づいていける。きっと。

アミリはこくんと頷き、彼の骨っぽい大きな手のひらに頭を擦《こす》りつけた。

2

はじめての夜会は緊張したが、最初から最後までレオナルドがエスコートしてくれたこともあり、アミリにとって記念すべき一夜となった。

ゴッドバルト家と親交の深い貴族たちが城に集い、レオナルド自身がアミリを紹介すると、皆いちように驚いていた。

先王が崩御し、内々にレオナルドが王位に就いたことは知っていたようだ。敬意を示し、笑顔を見せたひとびとにアミリはほっとしつつも、つねに控えめでいることをおのれに課した。

品のいいひとたちだからあからさまな嫌味や当てこすりはないけれど、すこし離れた場所からアミリを眺め、羽根飾りが見事な扇子の内側でひそひそとなにやら言っていることは伝わってきた。

――修道院からきたんですって。

――陛下のお気に入りの花生みだそうよ。

――では、未来のお世継ぎもあの花生みが？

――うちの娘ならもっと器量がよくて、ひととしても花生みとしても誇れるのに。

笑顔の裏側でなにか言われていたとしても平気だ。花生みだから、好奇の視線に晒されるのは慣れている。

ただ、レオナルドまで物珍しそうに言われるのは避けたい。彼の親切心を侮るような言葉をひとつふたつ耳にしてしまったアミリは内心腹を立てたが、当のレオナルドがにこやかに客人の相手をしているのを見ると、――自分が怒ってもしょうがないかと思う。

そのことを後日レオナルドに明かすと、『貴族にもいろいろいるんだよ。私を好いてくれる者もいるが、先代の王に義理があるからいまも渋々繋がっているという者もいる。利益不利益は皆あるんだろうね』と穏やかな口調で言い、さすが大人だなと感心した。

自分ひとりだったらすぐさまぽんぽんと怒っていたに違いない。修道院時代、ネッケやラーディとの賑《にぎ》やかな喧嘩《けんか》が懐かしく思える。

ゴッドバルト城の夜会に集うひとびとは皆、裕福で、本音を巧みに隠すことに長《た》けていた。

学問はともかく、社交術を身につけていない自分のあら探しをするんじゃないかと内心危ぶんだが、そうしたこともすべて見越していただろうレオナルドに肩を抱かれたまま、とくに事故もなく夜会を終え、アミリはすこしずつ王城での毎日に馴染んでいった。

安心して眠れる場所にきて気づいたのが、自分の中に生まれる自然な飢えだ。

欲望、と言ってもいいかもしれない。

レオナルドを目にすると身体の奥が甘くひりつき、落ち着かなかった。

花食みのレオナルドを求めているのだと自覚したときは、さすがに羞恥を覚えたものだ。一度昂るとなかなか抑えられず、部屋に閉じこもって自分を慰めてしまおうかと考えたが、レオナルドの城だと思うと気が引けた。

年上のシャクがそんなアミリにいち早く気づき、『花生みには欲の波があると聞いております。花食みの体液の成分に近い樹液を混ぜ込んだ飲み物がありますから、いかがですか？』と助言してくれて助かった。

渡された冷たい飲み物は修道院でも口にしていたのと同じもので、ふわりと頭の底から熱が引いていくようだった。

自分でこうなのだから、レオナルドはどうなのだろう。やはり特別な飲み物で抑え込んでいるのか。いままで一度も花生みの体液を口にしたことがないのかと考え始めると、きりがない。

王なのだから、求めたものはすべて手に入るはずだ。拒む暇もないぐらいに。しかし、レオナルドがアミリの目を盗んでほかの花生みに手を出している気配は微塵《みじん》も感じられない。

いまのアミリはみずから触れたい、触れてほしいと願っている。レオナルドの熱が知りたい。そして、この身体にこもる秘密も知ってほしい。

涙や汗なら、交換してもらえるだろうか。

あくまでも健全に、誰が見ても微笑ましい範囲で滲む汗を指に移し取って口に含めばいいのではないか。

たとえ一滴、二滴でも、レオナルドから与えてもらう体液なら満ち足りそうだ。

——今度、一緒に運動したいって言ってみよう。レオナルド様はきっと、十分すぎるほど身体を動かしてるだろうけど。

国王の家族としてふさわしくなるため、学問にも果敢に挑戦した。

化学、数学、地学、天文学、文学。机に広げたぶ厚い本を読みながら専任の教師から教わる座学は簡単に理解できない部分もたくさんあったが、ひとつひとつ質問し、正しい答えを手に入れていく難しさと楽しさを、アミリはこの城にきてはじめて知ったように思う。

修道院にいたころよりずっと、知識を貪欲に吸収している自分がちょっとだけ誇らしい。

戸外で身体を動かすのは大得意だ。とりわけ、週に一度ずつ、レオナルドみずから教えてくれる乗馬とダンスの時間は、いまのところ最大の楽しみだ。

春から夏へとすこしずつ季節は移り変わり、日に日に太陽がまぶしさを増していく六月のある晴れた午後、アミリは厩舎《きゅうしゃ》へと駆けていった。

バルデア大陸の南西にあるゴッドバルト王国は乾季を経て、これから暑く長い夏を迎える。朝晩はまだ肌寒いのだが、日中は目を細めるほど強い陽射しが降り注ぎ、石造りの建物や緑の平原を輝かせるのだ。

「お待たせしてすみません、レオナルド様」

「いや、私もいまきたところだよ」

身軽な乗馬服を身に着けたレオナルドが微笑みかけてきて、胸が甘く疼く。どんなときでも紳士的で洗練された印象だが、晴れた空の下、愛馬の手綱を握るレオナルドのやさしい笑みにはうっとりしてしまう。

上質の薄いコットンで作られたシャツはクリームベージュで、彼のはちみつ色の髪によく映える。

細かなチェックの乗馬ズボンが長い足を引き立たせ、公務についているときよりはずっとくだけて見えるが、抗《あらが》えない気品が感じられた。

——僕もちょっとがんばったんだけど。

この城にきて以来、身に着けている服はすべてレオナルドが誂えてくれたものだ。ふんわりと大きなリボンが襟元を飾っていたり、たっぷりした袖口にはきらきらした宝石がついていたりと、華奢な身体が貧相に見えないように気遣ってくれるデザインが多くて嬉しい。

修道院にいたころは、シスターたちを手伝うために動きやすい服がほとんどだったのだ。生地も頑丈で洗いやすく、汚れが目立たないくすんだ色ばかりで、当時はたいして不満を抱いていなかったが、こうして日々、身体に合わせて丁寧に作られた服を着ていると、しみじみしあわせを感じられる。

自室のクローゼットの扉を開けて、普段着から夜会服までずらりと美しい服が並んでいるのを、アミリはときどき眺めて楽しむ。

毎日とっかえひっかえしてもまだ余るほどの服があるのだが、汚すのが怖くて、もったいなくて、たくさんある中の三枚か四枚を繰り返し着ているところが、自分でもいじましいが。

今日はお気に入りの鮮やかなイエローのシャツに、グレイの乗馬ズボンを合わせてうきうきしていた。いつもならお付きの侍女がコーディネイトしてくれるのだが、たまには、と自分で組み合わせてみたのだ。

午前中いっぱい、テーブルマナーを手ほどきしてくれたシャクも『とてもお似合いになります』と褒めてくれたこともあって、ちょっとは自信がある。

「そのシャツは先週誂えたものだね、アミリによく似合う。きみの燃えるような美しい髪はどんな色のシャツも映えるね」

「ほんとですか？　嬉しいです。汚さないようにしなきゃ」

「気にしないでいいんだよ。もしかして、それが気になってほかの服をあまり着ないのかな？　空色のシャツも、花のように可憐なピンクのシャツも似合うと思うが」

言い当てられて顔を赤らめるアミリに、レオナルドはやさしく笑う。

「すみません。せっかく作ってくださったのに……万が一破ったり汚したりしたら、侍女さんにもご迷惑をおかけしてしまうし。あ、でも、僕が洗えばいいのか。浴室でシャツを洗うぐらいならいいですよね」

「じゃ、そのときは私も一緒に洗濯しようかな。こんな晴れた空の下を、私たちのシャツがひらひら泳いでいる光景を見るのも楽しいね。でも、ほんとうにきみの好きなものを好きなだけ着てほしい。アミリのこころが躍る服を」

「――はい！　いまいちばんのお気に入りは、これです。太陽みたいにまぶしくて綺麗な色ですよね」

「確かに。きみ自身が太陽だよ。私を明るく照らしてくれる」

「……もう、褒めてばっかり。レオナルド様こそ、僕を輝かせてくれるのに」

照れくさくて、嬉しくて、声が掠れた。

頬を熱くしながらうつむき、厩《うまや》の中でおとなしく待っていた栗《くり》毛の馬に近づいた。王の愛馬・エランはたてがみだけが白くふわっと波立ち、なんとも綺麗だ。

長い睫《まつげ》に縁取られた澄んだ目をじっと見つめてから引き締まった身体にそっと触れ、踏み台を使ってゆっくりとまたがる。ぐんと視界が高くなる瞬間はいつもちょっと怖いが、すぐにうしろにレオナルドが乗ってきて軽く抱き締めてくれるから、違う意味で心臓が駆け出してしまう。

「エラン、行こう。今日は城壁のそばまで行ってみようか」

レオナルドの声にエランは首を振り、のんびりとした足取りで陽の下へと歩き出す。右側に軽く傾ぐ感覚があるのは、エランが昔、脚を故障したからだそうだ。

「イズアラーンとの戦争中に保護した子なんだよ。父の指令で最前線に赴いたとき、逗留《とうりゅう》していた村が焼かれてね。エランもそのときに怪我《けが》してしまった。馬は脚を負傷すると命取りなんだが、幸いなんとか逃げ出すことができて、以来、私とともにいてくれる」

「レオナルド様によく懐いてるし、僕のことも文句言わずに乗せてくれる、いい馬ですよね。エラン、重くない？」

ぴんと立った耳のうしろから呼びかけると、エランは長い首を横に振る。『ぜんぜん重くないですよ』というような仕草に、レオナルドとふたりで笑った。

「ここでの暮らしには、もうすっかり馴染んだ？」

「だいぶ。朝昼晩黙っててもごはんが出てきて、後片付けをしなくてもいいのってなんだかまだ申し訳ない気がしますが……でも、とてもありがたいです」

「食事は口に合ってる？」

「合ってます合ってます。昨日の夜食べたじゃがいもの冷製スープがとてもおいしかった！　パンもいろいろあるんですね。酸味が強い黒パンもふわふわの白パンも、噛み応えのある茶色のパンもどれも好きです。レオナルド様はどのパンがお好きですか？」

「私は黒パンに野菜とハムを挟んだものが好きだ。自分で作ることもあるよ。パンを切ってマスタードをたっぷり塗って具を挟めばできあがりだ」

「おいしそうです。今度、僕も厨房を借りて作ってみようかな」

「いいね。それを持ってどこかにピクニックでも行こう」

一国の王の言葉にしてはかわいらしくて、つい口許《くちもと》がほころんでしまう。

「お風呂だってすごいです。薪《まき》をくべるのは修道院でもやってましたけど、あのころはいっせいに数人まとめて入るのが当たり前でしたから。僕、幼い子の髪を洗うのが得意だったんですよ。でもいまは侍女さんたちがわざわざお湯を運んできてくれて、ひとりきりで熱いお風呂が楽しめます。静かなぶん、ちょっと寂しいけど」

「なら、私と一緒に入るかい？」

笑い混じりの甘い声がふいに聞こえ、びくんと背中が震えた。昔から、アミリは耳が弱いのだ。ネッケやラーディたちとじゃれ合っていたころ、すばしっこく手を回してくすぐっても、すぐに耳に息を吹きかけられて笑い転げていたものだ。

「だめ、です。耳、くすぐったい」

「ああ、耳たぶが真っ赤だ。かわいいな、アミリは。私の声が好きなのかな」

「嫌いじゃないです……」

レオナルドはただたわむれているだけだ。家族なら、こんな軽いじゃれ合いはよくするのだろう。

——でも、僕が望んでいるのはもっと深い間柄だ。義理の弟や養子になりたいんじゃない。レオナルド様のたったひとりの花嫁になりたい。

いつか、正式な花嫁として、艶のあるその声ともっと話し、夜を明かしたいと思うぐらいだが、あからさまに言うのはさすがに気恥ずかしい。

つんと横を向くと、おかしそうな気配とともに手綱を握るアミリの拳に大きな手がかぶさってくる。

「そんなにかわいい反応を見せられたら私が困ってしまう。このままエランとともに城の外へきみを連れ出してしまいたいぐらいだよ」

「僕のこと、絶対からかってますよね」

頬をふくらませるアミリに、レオナルドはくすくすと笑う。

年上のひとから見たら、まだまだ自分なんて幼いものなのだろう。それこそ、『おこちゃまアミリ』だ。

——でも、僕だって成長してる。ずっと幼いわけじゃない。

彼と出会ったころは確かに年端もいかないこどもだったが、分別がつくようになったいま、自分がどうしたいのかということはわかっているつもりだ。

レオナルドの美しい長い指をじっと見つめ、「あの」と呟く。

「その、どなたかほかの……花嫁を迎えようとか……いえ、あの、……レオナルド様は、先王から結婚話を持ちかけられたりしませんか……でしたか？」

「立場上、縁談はほうぼうから持ち込まれる。私も三十五だし、国を統率する立場だ。亡き父も、私ぐらいの年のころにはすでに兄上ふたりを育てていたから、早いということはない」

やはり、レオナルドほどのひととなれば多くの良縁が届くのだろう。

自分が城にきて以来、目立った客人を見かけたことはないが、気づいていないだけかもしれない。王家の直系はレオナルドだけだが、彼を囲む重臣をはじめ、仕える者は数知れなかった。そもそも、城の正確な部屋数だってわからないのだ。

「先日から、南のとびきりおいしい茶葉を運んできてくれた花生みたちが三人ほど滞在している。長旅の疲れが出たのか、ひとり、ここに着いたとたん寝込んでしまってね。回復するまでゆっくり過ごすようにと言ってある」

細やかな気遣いができるレオナルドにますます胸が高鳴るが、平然としてもいられない。その花生みの誰かがレオナルドのこころを射止めたらどうしようと、ついバカなことを考えてしまう。

レオナルドは「英雄色を好む」という言葉とはほど遠い雰囲気で、愛人を作っている気配もないし、まったくべつの花生みを花嫁候補として招いているそぶりもなかった。そんなことされれば、さすがにアミリも気づくと思う。

客人は、あくまでも旅の途中ここに寄っただけだ。花生みだからと言って、皆が皆、レオナルドの花嫁候補になるわけではない。

――僕だってよくわかってるけど。

まったく気にしない、というのもなかなか難しかった。

「とても穏やかな花生みたちだ。すこし休んだら、また旅立っていくだろうな」

「……そっか」

胸の裡を見透かされたようで、ちらりとでも疑った自分が情けなかった。

慌てるにしても、自分以外の花嫁候補が現れてからでも遅くない。もちろん、そんなひとが出てこないことを祈るしかないが。

「私は国の行く末も大事にしたいが、ブートニエールの関係を信じているんだ。アミリは特別な関係のことを知ってる？」

彼の口から、『ブートニエール』という言葉が飛び出したことに胸が躍る。

「聞いたことあります。花食みと花生みがこころも身体も深く結びついたとき、そう呼ばれるんですよね。恋人たちや夫婦を超えた関係を誓い合うんでしょう？　そんな相手と結ばれたら、身体のどこかに痣《あざ》が浮かぶって話も聞いたことがあります。ほんとうなのかな」

「私も話に聞いたことしかないんだ。ふたりだけにわかる痣が顕現するというのはなんともロマンティックだね。花生みが特定の花食みとブートニエールになれたら、その愛と体液をきちんと受け続けないと心身ともに調子を崩してしまう……と聞いたことがある。それは花食みも同じなんだよ。互いに、こころも身体も強く結ばれる運命なんだ」

――僕にとっては、レオナルド様がその相手だって信じてるんだけど。

こころの中でそっと呟く。

出会ったときから、彼だけが輝いて見えた。胸を弾ませ、ときめかせるのはレオナルドだけ。

身寄りのない自分にやさしくしてくれたから嬉しかっただけなのかもしれないが、レオナルドはいままで出会ってきた誰よりも温かな目をしている。

その瞳の色、この先もずっとそばで見ていたい。

幼いころに生まれた淡い想いは年月を経て確信に変わり、こうして馬上で身を寄せ合っていると、背中から伝わってくる温もりに溶け込んでしまいたくなる。これこそ、未来のブートニエールじゃないだろうか。

風に吹かれながら、目の前に広がる草原を見つめた。

――レオナルド様に出会ったとき感じたあの胸の高鳴り。あれが運命じゃなかったらなんだろう。

いまでも彼にとって自分というのは、ただ目が離せない守るべきこどもだろうか。

風に軽く煽《あお》られる髪を撫でつけるように、レオナルドがそっと触れてきた。

「こんなにこころが凪《な》いでいるのはいつぶりだろう……。アミリはどう？」

「僕も同じです。ずっとこうして、あなたの隣で空を見上げていたい」

「それは家族として？」

問いかけられてアミリはうつむき、手綱を握る両手の隙間に視線を落とす。家族ではなくて、花嫁になりたい。率直に言えればいいのだが、こんな自分にも分別は残っているようだ。

「……はい」

「家族なら、一生穏やかに暮らせると約束しよう。もう二度と戦いは繰り返さない。毎日おなかいっぱい食べて、なんの不安もなく眠れて、明日の朝へ希望を持つことができる生涯をアミリにあげる」

諭すような声音に一瞬頷きかけたが、いや、違う。

エランののんびりした足取りに合わせて、ゆっくりと息を吸い込んだ。

レオナルドの花嫁になりたくて、アミリはここにきたのだ。

「……あの、……僕が世間知らずで図々《ずうずう》しいのはよくわかってるんですけど……」

何度か唾を飲み込んだが、声がつっかえそうだ。

「……あなたの花嫁になりたいって言ったの……覚えてます？」

「もちろん」

忘れたよ、と流してもおかしくないのに、レオナルドの声は誠実で律儀だ。

「忘れるわけがない。きみが十歳のときに私たちははじめて出会った。取り壊し寸前の修道院の裏庭で、ひとり泣いていたきみをどうにか守りたい――そう強く感じて……『家族になろう』と言い出したのは私だよ」

「家族と花嫁って、やっぱり違いますか？」

ぐっと言葉に詰まる気配が背後から伝わってくる。

「違う、わけではないよ」

日ごろ、快活なレオナルドにしてはめずらしくとまどった声だ。

「アミリは……私の花嫁になりたいんだね。しかし、私はきみの伴侶にふさわしいんだろうか」

「あなた以上にすばらしいひとには絶対に出会えません。目を合わせたときからそう思ってました。花生みの僕をずっと守ってくれましたよね。それってあなたが花食みだからですか？」

「もちろん、それもある。花生みは花食みの献身的な愛情にくるまれて生きるのが自然だ。そして、花食みのために花の涙をこぼす――。でも、私を花婿にするのは……私に愛されるのは面倒だよ。ずっと一緒にいたいだけなら、血の繋がりがなくても、きみを私の養子にするという手段だってある」

アミリを、花嫁として見られないということだろうか。

レオナルドが抱く情は、きょうだいやこどもといった、家族に対する情愛にすぎないのか。

「僕はレオナルド様にならなんでもあげたいのに。がんばって泣きます。泣いて、花の涙を流してあなたに捧《ささ》げたい。汗や涙……ほかの体液をお望みなら、それだってぜんぶ」

「私をつけ上がらせたら困るのはアミリだよ」

唾液や精液も交換したいのに。

未熟な自慰で身体を震わせて射精するおのれを脳裏に思い浮かべ、羞恥に息が浅くなった。完璧な大人の男に痴態を晒せるとは、とうてい思えないが。

あんなものをレオナルドが喜んでくれるのかまるで自信がないけれど、ほしいと言ってくれるならなんでも渡したい。

レオナルドが強く奪ってくれたら、流されてしまえるのに。

アミリの背後で小さくため息をついた大人の男は手綱を引き、草原の右手に見えてきた大木へと愛馬を向かわせる。茂った葉が濃い影を落とす場所に着くと馬を下り、手を差しのべてきた。

「ここですこし休憩しよう。喉が渇いただろう？」

「あ、……はい」

きゅっと摑まれた指先からどくどくと熱い血が逆流してくるような錯覚に陥り、アミリは目を瞠った。

これまで何度も感じた感覚は意識を沸騰させ、レオナルドだけを見つめてしまう。視界の真ん中にいるのは彼だけだ。

風に煽られたハニーブロンドの髪がきらきらと踊り、やわらかな水色の瞳が瞬《またた》く。くちびるはやさしい笑みのかたちに彩られて、「――アミリ？」と不思議そうに訊《き》いてきた。

「どうしたんだ、ぼうっとして。陽に当たりすぎたかな。木陰に座ろう」

手を引かれるまま木の根元に腰を下ろすと、彼が背負っていた革袋から水筒を取り出して渡してくる。

口をつけると、爽やかな柑橘《かんきつ》系の香りがする。レモン水のようだ。まだ冷えている透きとおった味わいの飲み物に喉を鳴らし、「ありがとうございます」と水筒の飲み口を指先で拭って返した。

レオナルドも水筒を傾け、おいしそうに飲み干している。シャツの襟元からのぞくすっきりとした喉に、声もなく見惚れた。

整った鼻梁《びりょう》から高貴なものを感じさせる頰骨、そして顎、喉へと続くラインは男らしく、美しい。

「アミリ？」

「あ、あ、いえ、……なんでもないです。レモン水、ですよね？　これ。とてもおいしいです」

「昔からゴッドバルトは柑橘類の産地なんだ。ここ十数年は戦争ばかりしてきたからそう見えないだろうが、果物の神に愛されてるんだよ。ここからもっと南のほうに下っていくと海がある。その近辺は、たわわに実る果物をたいせつに育てるひとびとが住んでいるんだ。アミリ、海は見たことあるかい？」

「ないです。本の中でしか見たことがありません」

「船を出せば、すこし離れたところにある無人島に行くこともできる。そこは王家の夏の避暑地でね、私も兄上たちも父上から泳ぎを教わったものだ」

「仲がよかったんですね」

「そうだね。人生の後半は戦まみれだった父だが……それぞれの国の独立性と自由を守るため、イズアラーンに勝つことができたのは父上の執念のおかげだ。なにかひとつ間違っていたら、いまごろこの国は、イズアラーンの支配下にあったはずだよ。平和なゴッドバルトがあるのも父や兄上たちがその身を投げ出してくれたからだと思うが、たまに、私だけが生き残ってよかったのかと悩むときがある。アミリにはわかってもらえるかな」

　小声で呟く彼を見つめて、アミリは静かに頷く。

「僕にはわかる気がします、レオナルド様の気持ち。生まれたときからずっとひとりだった僕と、豊かな暮らしを享受してきたあなたを一緒くたにするわけじゃないんですけど、頼れるひとがいない孤独感はきっと似ていると思うから。……もちろん、ネッケやラーディみたいな友人もできました。でも、それまでは誰といてもなにをしていてもなんだか寂しくて。一生このまま、ひとりなんだろうなって修道院の裏庭で泣いていたら、あなたがいらしたんですよ」

　十歳の夏、青空の下でレオナルドに出会った日のことはいまでも記憶に鮮やかだ。

押し潰されそうな寂寥《せきりょう》感を味わったとき、花生みは薔薇の涙を流すという。噂には聞いていたが、自分の涙が深紅の花びらに変わるなんて思いもしなかった。

絶望を受け止め、やさしく声をかけてくれたレオナルドが現れたことで涙はさらにあふれた。

あれが生まれてはじめて感じた、大人からの真面目《まじめ》な愛情だ。

「パレード中に見かけた子がひとりぼっちでたたずんでいたのが、忘れられなかった。皆から離れた場所に立ち尽くしていたきみと目が合ったとき、すぐにでも駆け寄って言葉をかけたかった。私が持っているものをすべて分け与えたかった。だから、演説のために父上が馬を停めたとき、私はひっそりきみを捜しに行ったんだ」

ひとり語りのようなレオナルドに、アミリの脳裏にすこし色褪せた景色がよみがえる。

立派な六頭立ての馬車から顔をのぞかせていた王家のひとびとの中で、レオナルドだけが鮮やかに映った。ほかのひとたちも微笑んでいたが、気品がありすぎて、自分と同じ人間だとは思えなかったのだ。

しかし、レオナルドは苦労をともにしてきた国民を心から案じ、励まし、勇気づけていた。いちばん年下の王子だから、国王や兄王子たちの強さやまぶしさをつねに感じ取っていたのかもしれない。レオナルドだけは、ひとのこころの弱い部分に寄り添ってくれるようなやさしさがあった。

——あんなひとがそばにいてくれたら寂しくないのに。

「あの一瞬、私たちはお互いに引き合ったのかもしれない」

こくりとアミリは頷く。目を伏せると、あのとき指先にひらりと舞い落ちた赤い花びらが見えるようだった。

「きみが立っていた方角を捜し回っていたら、どこからか花びらが舞い飛んできた。しっとりした手触りの美しい薔薇の花びらだ。花生みが薔薇の涙を流すというのは噂に聞いたことがあったが、実際に目にしたのはアミリがはじめてだよ」

「あれ以降、友だちと喧嘩したり、感情的になったりして何度か泣いてますけど、薔薇の涙は流してません」

「そのときは、強い孤独も愛も感じなかったということ？」

「たぶん」

レオナルドも、花生みが薔薇の涙を流す条件は知っているのだ。シャクも言っていた。痛いほどの孤独と愛を知ったとき、花生みは美しい薔薇の涙を流すと。

「意識して薔薇の涙をこぼすことはできないみたいです。同じ花生みのラーディやネッケもそうだって言ってました。孤独を感じて泣いたことはあるけど、薔薇の涙にはならなかったって」

「荒れた国を見て、アミリはつらかったに違いない。希望を捨てたに違いない。——その責任は私たちにある。きみをあのままにはしておけなかったから追いかけて、ずっと見守ってきたが……私の判断は間違っていないだろうか」

「レオナルド様が声をかけてくれなかったら、僕、いまごろ生きてませんよ」

「きみの薔薇の涙は、私に治世を誓わせてくれた奇跡の涙だよ」

そんなにたいしたものではないだろうが、レオナルドがたいせつに覚えていてくれたのは嬉しい。

「薔薇の涙をこぼす花生みを娶った王の国はどこよりも豊かになると、以前シャクさんが教えてくれました。もし僕が薔薇の涙を流せたら、花嫁にしてくれますか？」

「私は国の未来のためにきみを選んだのではないよ。確かにそういう噂もあるようだが、そもそも花生みは希少だからね。伴侶にできるだけでも幸運というものだ」

力強く言われてほっとした。

シャクにしてもただそういう言い伝えがあると教えてくれただけだろうし、ましてやレオナルドが打算を働かせ、花の涙を流すという以外になにも持たないアミリをわざわざ人生のパートナーにするとも思えなかった。

なにより、薔薇の涙を流せる花生みはアミリだけではないだろうし。

広い大陸のどこかには、もっと美しく、もっと魅力的な薔薇の涙を流す者もいるだろう。

そうだとしても、いま、レオナルドの隣にいる権利は誰にも奪われたくない。

さらりと髪を撫でられた拍子に肩が触れ合い、互いに木陰で身を寄せた。

草の海を渡る風と、そばにたたずむエランの息遣いだけが耳に届く。城からだいぶ離れている。城壁までにはもうすこし距離があるこのあたりは、とても静かだ。

かたわらから伝わる逞しい熱にしだいに落ち着かなくなってきて、アミリは身じろぎし、ちらりと横顔を見上げた。

かたちのいいくちびるが目に留まる。

弾力がありそうなそのくちびるに直接触れたら、どんな心地だろう。きっと、それこそが気持ちいいということだ。手を握るよりもっと繊細で、けれど確かな結びつきが感じられるくちづけをレオナルドとしてみたい。

——してくれないかな……。

一瞬不埒《ふらち》なことを思い浮かべ、すぐにおのれを恥じた。

家族としてたいせつにしたいと申し出てくれることの、なにが不満だというのか。婚姻を結べば、花嫁は性愛が絡むうえに、なにかを掛け違ったら離縁される可能性だっておおいにある。

それに、家族には性欲を抱かないものだ。当たり前の思慕はあっても、肉欲を覚えることはない。

衝突はもちろんあるだろうが、赤の他人とのあいだに生じるひずみとはやはり違うはずだとまだ若い自分ですら想像できるのだから、年上のレオナルドはもっときちんと考えていると思う。

——でも、それでも。

大きく息を吸い込むと隣に腰かけるレオナルドの好ましい体香で、胸がいっぱいになる。いつもいい香りがするなとは思っていたが、手を伸ばせば届く距離に座っているいま、無性に身体がそわそわし、彼に触れてみたくてしょうがない。

こうしているあいだにも、なぜか喉の渇きがひどくなっていく。ついさっき、レモン水で喉を潤したばかりなのに。

からからに渇いた喉元を手のひらで押さえる一方で視界はじわりと潤み、指先が急速に熱くなっていくのが妙に怖くて、「あの」と声を絞り出す。

「なんか、変……かも」

「変？」

心臓がばくばくし、息も浅くなる。胸が苦しくてブラウスの上から心臓を摑むようにすると、レオナルドが慌てて手を添えてきた。

「顔が赤い。熱はない……みたいだが」

「あの……身体の底のほうが……変に熱くて……これ、なんですか……？　病気なのかな……」

声を上擦らせるアミリの額や頰に手を当てたり、手首の脈を測ったりしていたレオナルドの温もりに我慢できずに、くちびるをかすかに開いた。

は、とこぼれる吐息が熱くて、自分でも怖くなる。

身体中が燃えるように熱く、疼く。

「レオナルド様のそばにいると火照ってしょうがないから……離れたいのに、できない」

「アミリ」

思わずレオナルドにしがみつき、顔を上向けた。レオナルドも真剣な目を向けてくる。

「急な体調変化が病じゃないとしたら……花生みの発作か？」

「発作……？」

「アミリは普段から樹液をきちんと飲んでいるはずだから、よほどのことがないと調子を崩さないと思うんだが……予想外のケースもある。花食みの強い気に当てられると、花生みは一時的に体内のバランスを崩すのだと聞いたことがあるんだ。めまいに襲われたり、身体が疼いたり」

「いまの僕、です。どうすれば治るんでしょうか……」

荒い息を吐くアミリに、レオナルドは困惑していた。こんなにも困った顔をしている大人の男を見るのは、はじめてかもしれない。

「……対処法は通常と変わらない。花食みの体液を与えればいいらしいが……いや、樹液を飲めばいいのかも。持ってきた？」

「ある、と思うけど」

突然具合を悪くしたときのために、外出する際は、花食みの体液に似せた樹液を瓶に詰めて携帯している。朦朧《もうろう》とした意識で斜めがけしている小さな鞄の中をのぞくが、小瓶はどこにもない。

「そんな」

「どうした？」

今日にかぎって忘れてきたなんて。

レオナルドと遠出できる嬉しさが勝って、うっかり忘れ物をしてしまったようだ。

「ごめんなさい、持ってこなかったみたいです」

「私の鞄を探してみよう」

鞄を探るレオナルドの横で、アミリはうつむいていた。

繊細な花生みはちょっとしたことで体調を崩すけれど、こんなにせつない疼きを覚えたことはなかった。

「私も持っていない」

意気消沈しているレオナルドに、「気にしないでください」と言ったものの、身体の真ん中を突き抜けるような狂おしい疼きは強くなるばかりだ。

「キス……」

「ん？」

レオナルドが顔をのぞき込んでくる。その首にしがみつきたい衝動を抑えるのもつらい。

できるだけ声を落ち着かせるために、何度も深呼吸した。

「――レオナルド様の体液を分けてもらえませんか……？　花食みの唾液をちょっと分けてもらうだけで……収まると思うので」

「ああ、なるほど」

考え込むレオナルドの腕をそっと引っ張った。

迷わないでほしい。

考えないでほしい。

「一度だけ」

穴が開くほどに、祈るようにじっと見つめていると、レオナルドがふっと顔を上げる。熱を孕む視線に絡め取られて胸の底までじわりと熱い。

無意識にくちびるがかすかに開いたときだ。

ふわっとやさしく重なった温もりが一瞬なんなのか信じられずに目を瞠り、アミリは息を詰めた。

「っ……」

まばたきする暇もない。やわらかで熱い感触が二度、三度くちびるに押し当てられるあいだも目を閉じることができず、その整った顔を間近に見つめていた。

寸前まではひんやりした感触なのかもしれないと思っていたが、そんなことはない。とびきり熱くて、やみつきになりそうだ。

――どうしよう……気持ちいい。信じられないぐらい、気持ちいい。

どうかすると変な声があふれそうで怖い。

息が切れる。もっと深くくちづけられたくて顎を持ち上げると、甘くくちびるの表面を吸い取られて、骨の芯まで蕩けそうだ。

「……ぁ、……っ」

思わず声をもらすと、はっとした様子でレオナルドが身を引く。その勢いのよさに驚いたのもつかの間、じわじわと顔を赤らめた大人の男は自分がしでかしたことにいまさらながらに気づいたようだ。

「す、――すまない、つい」

「レオナルド、様……」

突然終わってしまったキスがもどかしくて、もっとしてほしくて、みっともなく身体が揺れる。

そんな自分がはしたなく思えるのも新鮮だ。快感の欠片を与えてくれた彼にならどんな顔を見られてもいいと思ってしまう。ただくちびるを何度か重ねただけなのに頭の芯までぼうっとしている。

「いまのキス、すごく……助かりました。でもあの、くちびるを重ねるだけじゃだめなのかも」

「では、どうすれば？」

「もっと深くくちづけるとか。唾液を絡め合うような……す、すみません、変なこと言って。さっき

のキスだとくちびるの表面だけ重ねるから、体液を分けてもらうところまではいかないのかなって」

事実そうなのだが、ただ気持ちいいからしてほしいという欲望もある。

しかし、正直に打ち明けたらさすがにたしなめられそうだ。

「あ、あ、それか、汗でもいいです。あなたの涙でも」

「いますぐここで汗をかくのは難しい。泣くのはもっとね。だとすると、やはり深いキスをするのがいちばん効果的だろうが、そんなことをして許されるのか」

「してくれないなら、おかしくなっちゃう……かも」

焦《じ》れったい声音のアミリに、レオナルドが眉根を寄せる。

たった一度のキスで発情してしまったかのようだ。

指先までちりちり熱くて、もし命じられようものならシャツのボタンをみずから外し、肌を晒していたかもしれない。

ぎこちなく身体をくねらせ、媚態《びたい》を示していたかもしれない。そんな浅ましい真似《まね》は一度もやったことがないが、年上のレオナルドを煽ってみたいという獰猛《どうもう》な気分がこみ上げてくるのは、花生みとしての本能なのか。

「僕がしてほしいって言ってもだめですか？　強いキス、したいです。レオナルド様の体液がほしい。この火照りを収めてください」

せがむ声にレオナルドは苦しそうに眉をひそめ、アミリの薄い肩を摑んで押しやるようにするが、頭を横に振って擦り寄った。

けっしてレオナルドは突き放さない。そう思えた。彼の良心につけ込んでいる気がするが、せっかく摑んだこの快感を逃したくない。

しかし、そんなアミリを食い止めるようにレオナルドはなおも両肩を摑んで遠ざけてくる。

「だめだよ、アミリ。自分をたいせつにしないと」

「たいせつにしたいから、レオナルド様にキスしてもらいたいんです。それってだめなんですか？　いつかあなたの花嫁になりたいと思っています。……花嫁なら、こういうこともするんですよね？」

「……すると言ったら？」

「教えてください。レオナルド様の言うことなら全部知りたい」

「きみはもう」

嘆息するレオナルドに呆れられたくないから、一瞬身体を引き、おずおずと彼の顔をのぞき込んだ。

「レオナルド様がいやならもう言いません。でも……僕、幼いころからずっとあなたが好きです。たださしくしてくれたから好きだってわけじゃありません。誰でもいいわけじゃありません。はじめて出会ったとき、あなただけが世界中でいちばん輝いていました」

「アミリ……」

「特別なんです」

ぽそりとした声がレオナルドに火を点《つ》けたようだ。長い両腕が伸びてきたと思ったら、強く強く抱き締められて声が出ない。

「いいかい？　これは治療の一環だよ」

何度も頷いた。

言うなりくちびるが重なり、角度を変えて何度も吸われる。艶《なま》めかしさが際立つ二度めのくちづけに陶然となり、アミリは広い胸にすがりついた。

「っ、ん、……ん、っ」

今度はまぶたを閉じたけれど、きらきらした陽射しがどこまでも追いかけてくるようだ。

くちびるの端から端まで熱がぶつかり、じっとしていられなくなってしまう。身体の奥底が妖《あや》しく疼き、もじもじすると、後頭部を手のひらで支えられてさらに深く吸い取られ意識が酩酊《めいてい》していく。

わずかに滲んで伝わってくるレオナルドの温かな唾液のおかげで、怖いほどの渇きと妙な疼きが引いていく、と思っていたが、さらに身体の底が熱っぽくなって困る。

「——ん……ん……っ……」

かすかにもれるせつなげな喘ぎは確かに欲情していて、自分でも恥ずかしい。このまま進んだら、さすがに大変なことになりそうだ。

大胆な行為にレオナルドもいまさら気づいたようで、ぱっと飛びのいて顔を引き締めた。

「すまない、また夢中になってしまった……私としたことが」

情熱に身を投じきらないからこそ、大人なのだろう。そんなレオナルドに焦れる反面、頼もしさも感じる。こんなにもたいせつにしてくれるのだ。けっして傷つけるようなことはしないひとだという確信があった。

「発作は治まっただろう。ここまでだよ」

「どうしたらこの続きってしてもらえますか」

「ひとの話聞いてる？」

困惑したレオナルドの耳たぶが真っ赤だが、アミリだってここで黙り込むわけにはいかない。

「わがまま言うつもりはないけど……僕、ほんとうにあなたの花嫁になりたいんです」

「私の花嫁になったら苦労するばかりだが」

「でも、小さいころ、『いつかね』って約束してくれました」

ここで意地を張るのはこどもっぽい気がしたけれど、こうでも言わないとレオナルドはいつもの紳士的な顔に戻ってしまいそうだ。

「そうだね、確かに言った。……すこしだけ時間をくれないか。いまの私はきらきらしているきみがまぶしすぎて、落ち着かない。本能のままに突っ走ったらきみを傷つけてしまう。だから、時間が必要なんだ。——アミリを花嫁として迎える。いずれかならず」

「約束してくれますか」

「する。違《たが》えることはしない」

深く頷いたレオナルドが小指を差し出してきたので、アミリはやっと微笑み、指を絡めて軽く振る。

「いずれ、という日がいつきてもいいように、僕も準備しておきます。花嫁として必要なことがあれば学びたい。シャクさんに相談してみようかな。『花嫁修業がしたい』ってお願いしたら、力を貸してもらえそう」

「前向きだな、きみは」

「僕もそう思います」

そこで緊張の糸がするりと解け、ふたりは顔を見合わせて小さく噴き出した。

3

「ねえシャクさん、今夜こそ陛下の寝室に忍んでもいいですよね」

「堂々とそんなことをおっしゃったら、いくらだめなものでもだめと言いがたいのですが。だめですよ、アミリ様。私の花嫁修業が始まってまだ一週間しか経《た》っておりませんわ」

「わかっています。話し方に歩き方、仕草ひとつひとつが優雅じゃないといけないんですよね。花嫁って遠いなぁ……」

「そんなことありません。アミリ様は日一日と美しくしとやかな花嫁に近づいております」

にこりと笑うシャクにため息をつき、アミリは背筋を伸ばした。

レオナルドにあらためて花嫁志願してから一週間。普段の勉強以外にも花嫁として学んでおいたほうがいいことがあれば教えてほしいとシャクに頼み込んだおかげで、ちょっとした雑談や気の利いたジョークをちりばめた話術や優雅な立ち居振る舞いを叩き込んでもらっていた。

喋りすぎてわがままにならないよう、謙虚になることも必要だとあらためて教わったのがやけに新鮮だった。

『アミリ様は頭の回転が速いから、つい先へ先へと進む会話をしたくなることもあるでしょう？　でも、相手の話をしっかり最後まで聞く態度も大事です。それは花嫁じゃなくても、大人なら誰でも』

経験豊富なシャクのアドバイスに深く頷いた。先走る気持ちを抑えることも、ときにはたいせつだ。

対人関係のコツはちょっとずつ学ぶことができたが、裁縫や料理となるとハードルが高い。

修道院にいたころ、裁縫はネッケ、料理はラーディに任せてしまったつけがいまになって回ってきているようだ。

これらはすべて侍女たちのほうがずっと上手に、丁寧に仕上げてくれる。そうとわかっていても、生活力を身につけたいと思うのは、自分がレオナルドのように地位も名誉も、財産もないただの花生みだとわかっているからだ。

ここでは客人のひとりとして丁重にもてなしてもらっているが、いつまた、質素な暮らしに戻るかもわからないのだ。レオナルドの花嫁になるため努力は惜しまないが、候補でしかないいまの座にあぐらをかくつもりはない。

「僕には足りないところだらけですから、びしびし鍛えてください」

「よいお返事です」

教育係と名乗っただけのことはあり、シャクは社交術も裁縫の腕前もすばらしい。

この日の昼も、大きな厨房の隅を借りてふたりで簡単な食事作りに励んでいた。不慣れなアミリを気遣ってぱっとできるパンケーキというメニューだが、もう三枚も焦がしてしまった。

「大丈夫です。焦げたパンケーキもおいしく食べられるよう工夫しますわ。でも、アミリ様だって成功させたいでしょう？　四枚めが綺麗に焼けたらデコレーションして、陛下にも食べていただきましょう」

「甘いもの、お好きな方なんですか？」

「それはもう、目がないというほどに」

やさしい大人の男性がふわふわの甘いパンケーキを前にして目を輝かせるところを想像して、くすりと笑った。

「だったらめいっぱいがんばろ……。よいっしょっと。あ、きつね色」

鉄製の重い鍋をひっくり返すと、ふわっと黄金色の生地が裏返る。ここまでの三枚は黒焦げの臭いしかしなかったが、今度こそ成功しそうだ。中に火をとおす必要があるので、しっかりと鍋の取っ手を握った。

「シャクさんって、恋人いるんですか？」

「おりますとも。こう見えても十五のころからのつき合いですよ。あらやだ、もう二十年も経つんですのね」

明るく笑うシャクは、右手の薬指に光る金の細い指輪を見せてくれる。

「じつはこの冬、ようやく結婚します。おなかにはもう赤ん坊もいて」

「えっ」

アミリが驚くのもむりはない。シャクは大柄だが、全体的に引き締まった身体つきだ。色っぽく胸が盛り上がっていても腹は平らで、とてもそこに命が宿っているようには見えない。

「ぜんぜんそんなふうに見えません」

「んふふ、体型には気をつけてますから。花合いの幼なじみで、遠い村から一緒に出てきてずっとおつき合いしております。彼は私より三つ上で、レオナルド陛下のダンス講師なんです」

「レオナルド様の……すごい、シャクさんもダンス上手ですもんね」

「私たちの村では踊りがうまい男女は大モテですの」

楽しげなシャクを相手に何度かダンスをしたことがあるが、そのステップは優雅で確かだ。どんなにリズムが複雑になってもシャクの体幹はぶれず、妖艶な踊りを披露してくれる。

「またぜひダンスも……あ、やな臭いが」

「焦げておりますわ……！」

慌てて鍋を火から下ろしたが、すこし遅かったようだ。話に夢中になっているあいだにパンケーキの裏面は見事に焦げた。

「あーあ……」

「残念ですわね……」

もう一枚焼こうか、それとももう犠牲を出すのはやめようかとシャクと話し合っているところへ、

「おいしそうな匂いだね」と笑い交じりの声がかかった。

はっと振り返ると、レオナルドだ。

「今日は料理のレッスンをしているとセバスが教えてくれたんで、遊びにきてみた」

ほがらかな王の登場に料理人たちが丁寧に頭を下げる。アミリとシャクも急いで挨拶をした。

「申し訳ありません、レオナルド様。おいしくできあがったら召し上がっていただこうと思っていた

んですが……」

「焦げた？」

「はい」

素直に認めると、口許を拳で覆って、ふふ、と笑うレオナルドが近づいてくる。そして、アミリの持つ鍋の中にひょいと手を伸ばした。

「だめですよレオナルド様！　おなか壊します！」

「ちょっと焦げただけじゃないか。十分おいしいよ」

嘘だ。どう見たって黒焦げなのに。

「おいしくないでしょうに」

「アミリが作るものならどんなものでも食べたい」

レオナルドはパンケーキを指でつまんで二度三度口に運び、満足そうに頷く。

「このまま捨てるのはもったいない。生クリームとフルーツをたっぷり載せればもっとおいしい。ね、やってみようアミリ」

「でも……ほんと焦げてますけど」

「きみとシャクが一生懸命作ってくれたんだろう？　ちょっとだけでも食べてみようよ」

「そこまでおっしゃるなら」

シャクに手伝ってもらって黒焦げパンケーキをフルーツと生クリームで彩り、レオナルドの指示に従って皿を彼の私室まで運んだ。

美しい庭に面したレオナルドの居間は窓が大きく開け放してある。午後の雨が静かに降る日は薄暗いので、やさしい色の灯《あか》りが点いていた。

「さあ、このテーブルに。雨は吹き込まないから心配しないで」

「では私、お茶を淹《い》れてまいりますね」

窓際に置かれたテーブルの真ん中にパンケーキの皿を置くと、シャクが素早くお茶の支度に行く。

アミリはちょっと照れながらレオナルドと向かい合って座り、「ほんとうにこんな失敗作、食べるんですか?」と訊いてみた。

「これは僕が食べますよ。レオナルド様にはもっとちゃんと綺麗に焼いたものを用意しますけど」

「成長の過程を確かめるのも、王としては大事なことだ」

「後悔しても知らないんだから」

黒く焦げた部分はどう見たってまずそうなのに。

せっかく食べてもらえるなら、最初からとびきりおいしく作りたかった——と言ってももう遅い。これも、器用なラーディに料理を任せっきりだった報いだ。

斜め横に座ったシャクが丁寧にお茶を淹れてくれる。それでひとくち喉を潤したレオナルドは意気揚々とフォークとナイフを操り、硬く焦げたパンケーキをざくりと切り分けて、大きく頬張った。

「……うん! おいしい。よくできてる。中までしっかり火がとおっている」

「むりしないでください。あ、あ、そんなに食べたら」

「ほんとうに大丈夫だよ、おいしくできてる。ほら、気になるならこの焦げた部分はナイフでこそげ落として、きみもひとくち食べてみなさい。フルーツの甘味と酸味がちょうどいい」

「……お世辞じゃなくて？」

失敗だとわかっていて食べるのは怖いが、シャクまで、「あら、いけます」と言うから、ここはもう乗せられてしまうことにした。

思いきってひと切れ食べてみると、カリカリになるまで焦げた端っこはやっぱり苦いが、そこをのぞけば意外とふんわり焼けている。

もしかしたら、レオナルドの言うとおり、ちょっとはおいしいのかもしれない。

「バターがたっぷり入ってるんだね。やわらかくてしっとりしている。……うん、うん、これならあと二度ほど作ったらもう完璧だ。アミリは料理の才能があるんだよ」

「……ほんとうに……？」

「ああ、ほんとうに」

「じゃ、あの、今夜のデザートも作らせてもらえませんか？　プリンとかゼリーとか作ってみたい。今度は絶対に失敗しません」

生まれてはじめて手料理を褒められた嬉しさに舞い上がるアミリに、シャクが慌てて止めに入ろうとするが、目配せで合図するレオナルドに身を引いた。

「喜んで待っているよ」

「わかりました。じゃあ、がんばって作ってみます。ね、シャクさん」

「ですわね。……もう陛下ったら褒め上手すぎます」

苦笑いするシャクだが、彼女もパンケーキをもうひとくち口にして、「思ったより、ずっとおいしいですわね」と喜んでいる。

見た目はともかくとして、花嫁修業も順調だ。

気をよくしたアミリはレオナルドやシャクとテーブルを囲み、修業の成果で盛り上がった。

無邪気なアミリにレオナルドは目を細めていたが、しばらくすると公務があることを思い出したようで席を立った。

「ではまた、あとでね。ごちそうさま、アミリ、シャク」

「はい！　お時間ありがとうございました。夜も楽しみにしていてください」

聞きようによってはどきりとする言葉も、天真爛漫《らんまん》なアミリの口から出ると、レオナルドとシャクを微笑ませるらしい。

レオナルドが去ったあとのテーブルをシャクとふたりで片付けてから、アミリは読書と散歩に勤しんだ。

城内は広く、毎日まめに出歩いてもまだ全容は摑めない。迷路のように入り組んだ城の中はもちろん、広大な庭の隅まで見ておこうとなると結構かかる。毎日違うルートを歩いて探検気分を楽しむアミリは、この日の夕方、まだ行ったことのない場所を目指すことにした。

昔、シスターに読んでもらった絵本に、パン屑《くず》を落としながら深い森の中を進んでいく物語があった。どこかで迷ったときに、落としてきたパンの欠片を探せば元の道へと戻れる。ここではパン屑はないけれど、たくさんの侍女がいるから、困ったら誰かに聞こう。

古びた城の内部は美しくいかめしく、どこも掃除が行き届いている。石造りの回廊を抜けると、曲がり角の先から女性数人の声が聞こえてきた。

部屋の掃除をしていた侍女たちだ。なにやら楽しげに喋っているところに飛び込んで、明るく「こんにちは」と挨拶しようとしたが、「ねえ、アミリ様って――」とおかしそうな笑い声にぴたりと足を止めた。

「ほんとうに陛下のお気に入りなのねえ。なのにダンスもお裁縫もお料理も下手で、ちょっと気の毒になってしまうわ」

「私、さっき厨房に寄ったらちょうどアミリ様とシャク様がパンケーキを焼いてらしたんだけど、もうそれが大失敗で！　こっちにまで焦げた臭いが漂ってきてびっくりしたわ。でも、陛下はすごく喜んでらしたのよ」

「まあ、お顔はかわいらしいし、なんたって花生みだから」

どっと弾けるような笑い声が胸に深く突き刺さる。

この城にはほかにも旅してきた花生みが一時的に滞在しているとレオナルドから聞いていたが、顔を合わせたことはない。

レオナルドが気に入っている高級な茶葉を運んできた花生みのことは、皆、失礼がないようにきちんともてなしているだろう。しかし、自分は違うらしい。

侍女は花合いで構成されている。すべての点において平等である彼らのおかげで世界はうまく回っているとアミリも知っているが、たまにこうして陰でなにやら囁《ささや》かれているのだと知ると臆病になりそうだ。

ぐっとくちびるを噛み締め、息を殺して物陰に身をひそめた。

修道院だったら、なにも考えずに飛び出して相手の胸ぐらを摑んでいたかもしれない。そう、ネッケやラーディ相手なら。

——でも、ここは違う。

アミリが突然、レオナルドの未来の家族として城にやってきたことを、ほとんどのひとは驚きつつも笑顔で出迎えてくれたものだ。

ずっと昔から、レオナルドが話して聞かせていたのだろう。セバスもシャクも、部屋付きの侍女も皆いいひとたちだ。

しかし、そうではないひとだって当然いるのだ。

王家のひとびとは当然ながら、彼らに仕える者も教養があり、なにより品格がある。苦しい戦争時代を修道院で生き抜いてきたアミリとは違う。

それぐらい、わかっている。わかっているからこそ、つらいのだ。教養も品も、一朝一夕で身につくものではない。

レオナルドは粗野な花生みのどこを気に入ってくれたのか、アミリ自身も不思議に思う。彼も偽りの笑顔を見せているとなったらさすがにこころが折れるが、それはないなと本能でわかる。

孤児のアミリを保護し、やさしい愛情を注いでくれたひとの想いまでも疑ったら、この世界はとても生きていけない。

そして、侍女たちの言葉もある意味正しい。いまの自分にはなにもかも足りないのだ。いまここで彼らのあいだに割り込んでなにか言い返しても、欠けた実力をあとで責められるのがおちだ。

拳を固め、アミリはそっとあとずさった。

汚名返上するには、丁寧な積み重ねが必要だ。


うまく気持ちを切り替えられないまま夜になり、アミリは浮かない顔で厨房の隅で氷の室《むろ》に入れておいた容器を取り出す。

南西部の国・ゴッドバルトでは夏のあいだ、冷たい氷を保存しておく室が重要だ。飲み物や食べ物を冷やしておくことができるし、急な発熱にも備えられる。

暖かい国ではあるが、北側にある山の奥へと分け入ると嘘みたいに寒い洞窟があり、そのさらに奥に氷室があると、なにかの折にレオナルドが教えてくれた。

一般庶民にはなかなか手に入りづらい代物で、アミリもこれまでに数度しか目にしたことがない。そんな貴重な氷も王家となると一年中用意されている。

「……できてる」

たまごと砂糖、牛乳などを使ったプリンはうっすらとした黄色でとてもおいしそうだ。慎重に皿に盛りつけてみると、かたちも綺麗だし、おかしな空洞もなさそうだ。

昼間の約束はなんとか果たせそうだとほっとため息をつき、夕食を終えて別室で待ってもらっているレオナルドの元へと運んでいく。

「お待たせしました。プリン、なんとか食べられそうです」

「楽しみにしていたんだよ。これはこれは、とても綺麗じゃないか。はじめて作ったの？」

「いえ、三回めです。その前の二回はべちゃってしてしまって、実際おいしくなくて……これは大丈夫だと思う、んですけど」

「不安そうだね、アミリ。昼間のパンケーキもいい出来だったよ。きみが作る料理はどれもおいしいはずだから安心しなさい」

どんなことでもまず褒めるのが基本形のレオナルドにアミリは気弱に微笑み、「どうぞ」と皿を差し出す。

「お口に合うといいのですが」

じっと見守るアミリの前で、レオナルドは大きく口を開いてスプーンを咥《くわ》える。その期待に満ちた目はアミリの料理の才能を微塵も疑っていない。

「……うん、うん！　おいしいじゃないか！　蕩けるような舌触りで香りもいい。口の中にかすかにたまごの風味が残って癖になりそうだな……これはうまい」

あっという間に半分ほど平らげるレオナルドに驚きつつ、アミリは息を長く吐いた。思っていた以上に緊張していたらしい。

「気になるところはありませんか」

「ない。見事だよ。このまま客人にも出したいぐらいだ」

「ありがとうございます。でも一個ぐらいなにか」

「ほんとうにおいしいよ。そうだな、あえて言うならもうすこし甘いほうが……私好みかもしれない」

そう言って恥ずかしそうに笑うレオナルドが、「一国の王なのに甘いものに目がないんだ」と打ち明ける。

「知ってます、シャクさんに教えてもらいました。もっともっと甘いほうがいいですか？」

「そうだね。いまのままでも十分おいしいが、この二倍、いや三倍甘かったら嬉しい」

ほんとうに甘味が大好きなのだと知って肩の力が抜けた。砂糖はふんだんに使っているのだが、もっと、となると腕が鳴る。これなら、ほかのお菓子も喜んでもらえそうだ。クッキーにケーキ、パイ。氷の室を使えばアイスクリームもできそうだ。

修道院にいたころ、たまに作っていたメニューを洗練させて、レオナルドにも食べてもらいたい。

「楽しみにしているよ。きみはやっぱり料理の才能がある。これでも私は多くの国の美味を体験しているんだ。その中でもアミリの料理はずば抜けておいしい。きみらしいまっすぐさが感じられるからだろうね」

「まっすぐさ……複雑な味のほうがいいってことはないですか？　僕の味、単純じゃないですか？」

「私はアミリの味が好きだよ。わかりやすいのはだめ？　力が出るんだけど」

屈託ない言葉に思わず笑みがこぼれた。

「だめじゃないです。よかった……なんだか元気出ました」

「私がいままで食べてきたプリンの中でいちばんおいしかったから安心して。そうだ、お礼をさせてほしい。私からしてほしいことはあるかい？」

「――どんなことでもいいんですか？」

「いいよ、どうぞ」

「じゃあもう一度だけ……、キスしてほしいです」

思いきって打ち明けると、レオナルドは目を丸くする。まさか、キスをねだられるとは思っていなかったのだろう。

「……やっぱりだめ、ですか？」

「いや、驚いてしまって。どこかに連れていってほしいとか、新しいシャツがほしいとか、そういうものかなと思っていたんだよ」

「一緒には出かけたいけど、衣類はもう十分にいただいてます。毎日着替えてもまだまだ新品があるなんて、もったいないですよ」

「それで、キス？」

「……だって、あのときは途中で止めてしまったから。いつか続きをしてもらえるかなと思って」

ご褒美にキスをほしがるのもはしたないかなと悩んだが、黙っていてもきっと進展しない。もじもじとうつむき、空になったプリンの皿を見つめていると、それにレオナルドも気づいたようだ。苦笑いし、「……アミリはがんばってくれたね」と呟く。

「私を喜ばせようと懸命に料理してくれた。そんなことをしなくても、アミリはいまのままで十分素敵だし、かわいいよ。しかし……ほんとうにキスでいいのかい？　私に都合がよすぎるんだが」

思ってもみない言葉に笑ってしまいそうだ。

「そんなことないです。僕がただのわがままなのはわかってます」

上目遣いにレオナルドを見つめれば、熱っぽい視線で弾かれた。

「ここにおいで」

自分の膝を叩くレオナルドに吸い寄せられるように、ふらふらと立ち上がって近づき、逞しい両腿《もも》に腰かける。

しっとりと艶のあるアミリの髪を撫でるレオナルドは目を細め、頤《おとがい》をつまんできた。

「……っ……、ん……」

くちびるが甘く、やさしく重なる。そのとたん、心臓がばくんと跳ねる。意識していなかった欲情が突然呼び起こされたみたいで、すこしもじっとしていられなかった。

やわらかな表面を擦り合わせて軽い疼きを呼び起こし、慣れていないアミリが息を浅くすると、一瞬レオナルドは気遣うように頤をつまむ指から力を抜いた。

「だめ、やめちゃ、だめです」

思わず呟いた。レオナルドは目端で笑ったあと、ちろっと舌先でくちびるのラインをなぞってから、肉厚のそれをすべり込ませてきた。

ぬるりと中に挿《はい》り込んでくる舌が想像以上に大きくて、熱くて、息をすることも忘れた。

「あ、……っ」

抵抗することすら頭に浮かばない。その隙に絡みついてきた舌がじゅるっと吸い上げてきて、温かな唾液を這わせてくる。

とろみのあるそれがどんなに甘美で、どれだけ淫らか。待ち望んでいたものだけに、何度も喉を鳴らして受け止めた。

花食みの唾液を知ってしまったら、もう二度と、普通のキスには戻れない。そんな気がする。

アミリからもぎこちなく舌を擦り合わせた。食物の味や熱を感じ取る器官でレオナルドを味わうというのは、なんだかとても罪深くて、官能的だ。

「……アミリ……」

掠れたレオナルドの声に、紛れもない欲望が混ざり込んでいる。

「レオナルド様……も？」

「ああ」

目配せをして、互いにしばしくちびるを押し付け合い、舌を絡めることに夢中になった。唾液を取り込みたいだけならもっと簡単な方法もあっただろうが、ぬるぬるした場所をいやらしく擦り合わせたくてたまらない。

そうすればするほど、身体の底がもったりと重くなっていく。

「こら、煽るのはそこまでだ」

ちょっと怒ったような声のレオナルドが身体を引く。口内を満たしていた熱い舌が遠のき、一気に空虚感に襲われたアミリはしばし、ぼんやりしていた。

こころも身体もふわふわする。

「だめだよ、いまはここまで」

「だったら、次はいつ？」

浅ましいとわかっているけれど。

幼稚な誘惑だとは思うけれど。

「この先をするなら、キスよりもっとすごいことになってしまう」

「お願いします。僕はあなたの家族以上の存在になりたい。花嫁になりたい」

レオナルドの膝に腰かけたまま、まだ熱い身体を擦りつけた。

男らしい面差しのレオナルドは深く考え込み、「花嫁の一歩手前までなら」と言う。

「一歩手前……」

不思議な言葉に首を傾げた。

「抱き合うことはできる。繋がることもできる。ただ、途中までという意味だ。きみにどこまで性の知識があるかわからないが、……私がきみの中で果てると、身体のどこかに痣が出現するはずだ。それが正真正銘ブートニエールの証《あかし》だ」

「な、なる、ほど」

性行為については、花嫁修業の過程ですこし学んだ。中で果てるという言葉が指し示す意味は、深く考えればわかる。

自分を慰めるときも最後は射精する。手の中に。

ふたりで抱き合うとなれば、花食みのレオナルドはアミリの中に放つのだろう。

彼の欲望のすべてを最奥で受け止める場面を想像しただけで、頬が燃えるように熱い。

その後に現れる痣によって、ふたりは誰にも引き離せない運命の絆で結ばれる。

「真の意味で、きみを私の花嫁にしたら嫌われてしまうかもしれない。前にも言ったが、もうすこし時間がほしい。だからいまはまだ、その手前で止めておきたいんだ。意気地がない大人だと笑ってくれていいよ」

「そんなこと……ないです。僕よりいろんなことを考えてくれて、ありがとうございます」

「けなげなところを見せられると、よけいに立場がないな。私に覇気があればいいんだが……できるだけきみを後悔させないよう努めるよ」

「僕、ほんとうにあなたの花嫁になれますか?」

一瞬だけおのれをなだめられたのに、すぐにするりと本音が出てしまう。やっぱり心配でたまらないのだ。

「その一歩手前だからね。忘れないように。今夜十時過ぎに、私の部屋においで。朝まではほかに誰も入れないようにする」

「はい」

「それから、汗をかくかもしれないからお風呂に入ってきなさい。そのとき——私に触れてほしいところは全部確かめておいて」

目を眇《すが》めるレオナルドがいつになく蠱惑《こわく》的に見えて、胸が高鳴る。

「……はい」

ともかく返事をして、アミリは器を下げながら部屋を辞去することにした。


背中に羽根が生えたような時間の中で、うきうきと身支度を調えた。けれど、熱い湯を身体に浴びせるあいだ、首筋や鎖骨を撫でる自分の手がなんだか艶めかしく思えてどぎまぎしてしまった。うなじを擦る手のひらが熱く、しっとりしている。指の腹が肌に吸いつくような色気をおのれに感じるなんて、どうかしているんじゃないだろうか。

おそるおそる左胸に手を下ろすと鼓動が強く脈打っている。薄い腹や脇、いったん戻って手首を軽く握り、どきりとした。

「レオナルド様に触れてほしいところ……」

首筋も胸も手首も、どこもかしこもどきどきしている。レオナルドはもっとはっきりわかるのだろうと思うと、なんだかいたたまれない。

もわもわと湯気が立ち込める浴室内で、――そういえばと思い出す。

――えっちなことするんだ。気持ちいいことするんだ。あのキス以上に深いこと。

無意識のうちにくちびるがかすかに開いてしまう。そこから熱い吐息がもれ出ていることに気づいて指を押し当て、その指をするりと胸へと落としていくと、もっと下のほうがじわっと潤う気がする。

「……っ」

うつむくのも怖くて両手で下肢を覆い隠し、あたふたと風呂を出た。

なにを着ようかと迷う。いつもなら侍女の手を借りるところだが、今夜はひとりでこなしたかった。これから、レオナルドに抱かれるのだ。蒸し暑い夜なのもあって開襟シャツとズボンを身に着ける。薄手の服なのに背中がじんわり汗ばんでいた。

気づけば、もう約束の時間だ。

急いで部屋を飛び出し、北棟にある角部屋を目指す途中で扉が開き、中からふたり連れの女性が姿を現す。

「それにしても陛下ってほんとうに素敵ね。お会いするたびうっとりしちゃう。あんな方の花嫁になれたらどんなにすばらしいか」

「ねえ、羨《うらや》ましい」

昼間、噂話に興じていた侍女たちにまた遭遇したのかと慌て、近くの柱の陰にぱっと身をひそめたが、聞こえてくる笑い声に覚えはない。どうやら、べつの侍女のようだ。

「花嫁候補はすでにいらっしゃるんでしょう？　修道院からきた、真っ赤な髪をした花生みさん」

びくっと身体を震わせたアミリの耳に、「そうそう、とても元気でおかわいらしい方よ」とやさしい声が聞こえてくる。

「私たち侍女にも丁寧に接してくださって嬉しいわ。陛下の花嫁としても完璧」

ほっと胸を撫で下ろした。

悪いことばかり言われているわけではないのだ。アミリを受け止めてくれるひともいる。

「まだ無邪気なところもある方だけど、陛下はこころからたいせつにしてらっしゃるのよ」

「どうしてそんなことわかるの？」

「だって、毎日見かけるたびアミリ様は艶やかになっていくもの。花生みは花食みの愛情を受けると魅力が増すって聞いたことがあるわ。花生みっていろいろと大変らしいけど、やっぱり綺麗よねえ。花合いの自分がつまらなく思えてしまうわ」

「わかるわかる。あーあ、陛下ったらほんとうにご結婚されちゃうのかしら。私が入る隙ってすこしもない？」

「ないわよ。仕事なさい」

楽しげな笑い声が遠ざかり、完全に消えてしまうまで、その場にとどまっていた。

前に聞いた噂話とは比べものにならない。アミリのことを褒めてくれていた。

——でも、隙があればレオナルド様に近づきたいひとはたくさんいるんだ。

こうなったら、レオナルドのこころにより深く食い込んで、自分を選んでもらわなければ。

自分にはなにもない。すこしだけ目立つ容姿があるぐらい。

媚《こ》びを売ったところで、賢いレオナルドは騙《だま》されないはずだ。それでも彼のこころを奪えるものなら、奪いたい。

しんと静まり返った部屋の扉をそっと叩くと、ややあってからレオナルドそのひとが顔をのぞかせた。

「こんばんは、アミリ」

「……こ、こんばんは」

身長の高いレオナルドの影が覆いかぶさるようにしてくることに、胸が弾む。彼もアミリと似たようなさらりとした感触のシャツに、足の長さを引き立てるズボンが濃い色で大人の男らしい。

先ほど交わしたキスを思い出して、いまさら羞恥に声を上げてしまいそうだ。

「どうぞ入って。ワインはどうかな？」

「いただきます」

誘われて室内に入り、王にふさわしい豪奢な内装をあらためて見回した。アミリの部屋はこざっぱりとしているが、レオナルドの私室は格が違う。高い天井とどっしりした柱は見事で、壁には穏やかな風景画が掛けられていた。

「こういうのって、王様の肖像画を飾るんだと思ってました」

ふかふかの葡萄《ぶどう》色のカウチに腰を下ろすアミリに、レオナルドはカットが美しいグラスを用意してワインを注ぐ。紫の濃い液体は芳醇《ほうじゅん》な香りを漂わせ、口にする前から酔いそうだ。

「以前、ここは父上の部屋だったんだよ。そのときは父自身の武功をたたえる巨大な絵を飾っていたが、私はそこまでの才能はないから」

照れたように言うけれど、北の敵国イズアラーンに押し勝ち、長い戦争に終止符を打ったのは賢将と名高いレオナルドの手腕も大きく関わっているとアミリも知っている。戦を始めるのは簡単だが、和平を結ぶのはこのうえなく難しい。

いまがあるのも、レオナルドが日夜外交にこころをくだいているからだろう。

「ありがとうございます。僕がこうしていられるのもレオナルド様のおかげです」

「私は自分の使命を果たしたまでだよ。ほんとうは兄上の誰かが継ぐ世だったが、そういうわけにもいかなかったしね。未熟ではあるけれど、私なりにいい国にしていきたい。もう二度と戦乱の世にしないことを誓うよ」

「レオナルド様ならできます。絶対」

隣り合って座るレオナルドに微笑み、グラスの中身をくっと呷《あお》った。とてもまろやかで、つい呑みすぎてしまいそうだ。

「おいしい……」

「よかった。ねえアミリ、花嫁修業がどんなものか教えて。シャクにもいろいろ聞いているが、きみはどんなことも真面目に取り組んでいるんだってね」

「そんなことないです。座学は居眠りしないようにするので精一杯だし、料理もたまに大失敗するし」

笑い交じりに言ってみたが、昼間の侍女たちの噂話を思い出し、つい真顔になった。

『ほんとうに陛下のお気に入りなのねえ。あんなにダンスもお裁縫もお料理も下手で、ちょっと気の毒になってしまうわ』

彼女たちの言葉に嘘はひとつもない。

自分にいいところなんかない気がしてきて、しょんぼりと肩を丸めた。

「アミリ？」

「……僕のどこを……」

「うん」

「陛下は僕のどこがいいと思ってくれたんですか？　なにがよくて、家族になろうって言ってくれたんですか？」

突然の問いかけにレオナルドは顔をのぞき込んでくる。見つめられて頬が炙《あぶ》られるように火照ってしまう。

「そういうところが大好きだよ。言葉をごまかさないところ。気持ちを正直に打ち明けてくれるところ。私は長いことまつりごとに接しているから、どういう相手でも表の顔と裏の顔があると思っている。より高度な駆け引きを求められるし、本音を隠して建前で勝負する――でも、あの日、きみにはじめて会った日。自分の感情に素直になって薔薇の涙を流すアミリを見たとき、自分はなんてうわべばかりの世界に生きているんだろうと衝撃を覚えたよ。ひとは、泣きたくて泣けるものではないからね。アミリの涙が、私に、生きるとはこういうことだと教えてくれたんだ」

そう言って肩を寄せてくる大人のひとに、アミリもこつんと頭をもたせかけた。こころを落ち着かせてくれる温もりを、このままずっと味わっていたい。

「陛下だっていろいろ言ってくださるじゃないですか。よそよそしいとか、取っつきにくいとか一度も思ったことありませんよ」

おかしそうに肩を揺らすレオナルドが、「いいね、アミリは」と言う。

「ほかの者の前では必死に取り澄ましているよ。とくに外交では。私が甘いもの好きだなんて他国に知られたら、メンツ丸潰れだ」

「どうして？　お互いの好物を知ることができるって楽しくないですか？　たとえばなにか失礼なことをしてしまったとき、相手の好きなものをそっと差し入れしたら機嫌を直してくれることってありますよね」

「確かにね、うん。個人レベルなら、おいしいものや綺麗なものをプレゼントして気に入ってもらうことはできるけど、さまざまな思惑が絡む外交はそうもいかなくて……」

「……すみません。そうですよね、たくさんのひとが関わってるんだろうし、そんなに簡単にいかないか」

「謝ることじゃない。私だってこういう話のほうがずっと楽しい。国を盛りたてるのは使命だが、ひとりの人間として話すなら国益や子孫の繁栄なんてことじゃなくて、このあいだふたりでエランに乗って外を駆けたときの風が気持ちよかったとか、そういう話がしたいんだ」

政治の場がどんなものかうまく想像できないから、つい、ラーディやネッケとのつき合いに置き換えてしまった。したり顔でとんちんかんなアドバイスをしてしまったんじゃないかと急に羞恥心がこみ上げてくる。

うなだれたことに気づいたレオナルドが肩を抱き寄せてきて、「なんできみが落ち込むんだ」と笑う。

「いいことを言ってくれたのに」

「……いえ、なんだか僕、やっぱりこどもだなって……」

「私の未来の花嫁は、もう大人だ。そうじゃなかったらいまここにいない」

きっぱりした声に顔を上げると、凜《りん》とした想いを宿した瞳とぶつかった。長い指先が頬を軽く擦り、頤を押し上げてくる。

「私とのキスはどうだった？　いやじゃなかった？」

「いやだったら、ここにいません。求めたのは僕です」

「そうだね。しかし、私もきみがほしかった」

「……陛下……」

「いつもみたいに名前を呼んでくれないの？　ふたりきりだから緊張してる？」

「……レオナルド様は？」

「心臓が口から飛び出しそうだよ。ほら」

片手を取られ、逞しい胸に這わされた。どくん、と強い脈にたちまち耳の先まで熱くなる。

「すごい……、どきどきしてる。僕もです」

「ん？」

彼がなにか言う前にその手を取って、胸にあてがわせた。わずかに目を見開いたレオナルドの意志の強い瞳がすこしずつぼうっとしてくる。それに見入っていると胸全体を覆う手に力がこもった。

「こんなに無防備に触らせてきみは……いけない子だな。ほかの者がアミリの魅力に囚《とら》われる前に私がなんとかしないと」

——僕こそ、あなたがほかの誰かに目を移さないように、虜《とりこ》にしなきゃ。

熱に浮かされたような目をするレオナルドがそっと顔を近づけてきて、くちびるを甘く吸い取ってきた。

「っ、……ん」

重なったところがひどく熱くて、身体の芯がうずうずする。角度を変えて押し当てられ、息を切らすころにちろりと舌先で上くちびるを舐《な》められ、あまりの甘美さに思わず頭をのけぞらせた。

「は……――っ……」

後頭部を手のひらで支えられて、深く挿ってくる舌に口内をかき回されて頭がくらくらしてくる。さっきよりもずっと性的で、淫らに蠢《うごめ》く舌が心地好い。もっと唾液がほしい。ねっとりと舌先を絡め合って、溶け合ってしまいたい。

たいせつにされているからこそ、愛されているからこそ、乱暴にされないという自覚がある。中途半端な興味しかなかったら、ぞんざいに、おもちゃのように扱ってもおかしくない。それに、もしも赤の他人と軽い感じで欲望を解き放つなら、最初から最後まで自分勝手に動いてもいいはずなのに、レオナルドはそうしない。

指先にまで、アミリへの想いの細やかさを感じる。

それが愛だとわかるから、アミリも精一杯応えた。

「レオナルド……様」

「気持ちいい？　こんなキスは私がはじめて？」

「は、い……誰ともしたこと、ない……さっきしてもらったのよりずっと、すごい……」

「ひとりだったときはどうしていたの」

「樹液を飲んで……どうにもならなくなると、自分ひとりで触ってました。ごめんなさい」

恥じ入るアミリに、レオナルドは、「今夜からは私にすべて任せて」とやさしく笑う。

「私に浸ってほしい」

操られたように頷き、自分からもつたなく舌を絡める。おずおずと舌をのぞかせるとじゅるっと吸われる淫らさに、さらに発情してしまいそうだ。

ちゅくちゅくと舌を舐《ねぶ》られながら指先がツツと鎖骨の溝をなぞり始める。

下から上へとシャツ越しに這う指の感触に、喉が渇く。

いま不用意に声をもらすと身体ごとみっともなく揺れそうで、彼の広い胸にしがみついた。

「んぅ、ん、く」

尖《とが》らせた舌先で口内を探られる快感に頭がぼうっとしてくる。たどたどしく応えるうちにレオナルドの指はシャツのボタンを外し、素肌へと忍んできた。

じかに触られると、肌が汗ばんでいることに気づいてちょっと恥ずかしい。そのままシャツの前を開かれて、胸にぴたりと大きな手が張り付く。

どくんと心臓が弾んだ瞬間に肉芽をきゅうっとつままれて、せつなげな声を上げてしまった。

「ぁ……ッ……ぁ……っそこ、……」

「アミリは胸が感じるらしい。花生みは敏感な身体だと聞いたことがあるんだ。安心して、声を聞かせて」

「……でも、……でもっ、胸、で感じるのは……なんか、変……」

「そんなことない。きみがもっと感じるようにしてあげる」

胸の中央をまさぐる指に尖りをゆっくりと弄《いじ》られ、くりくりと甘く捏《こ》ねられるうちに断続的な声があふれ、切羽詰まってくる。

揉《も》まれて、ふっくらと腫れぼったくなっていく乳首をいとおしげにつまむレオナルドは、そのまま顔を寄せてきて、ちゅるっと口に含んだ。

「――……っァ……あ、つ……っい……んんっ、くちゅくちゅしたら、だめ……っ」

尖りの根元を舌先でつんつんとつついた挙げ句、ちゅくりと舐り回してくるレオナルドの髪を両手で包み込んでかき回す。

熱く濡《ぬ》れた舌が胸を這うたび、鼓動が激しく脈打つほどの快感がこみ上げてきて、どうにもできない。これまでに経験してきた自慰の気持ちよさなんか、ぜんぶ吹っ飛んでしまう。

レオナルドから与えられるあやうい心地好さに身体がのけぞってしまい、どこまでも奔放に乱れそうだ。

レオナルドは大きな舌で肉芽をくるんで啜り込み、骨張った手で全体を揉みしだく。

「つぁ、あ、っん、っん、ん――……ぅ……ぅっレオ……」

しだいにぼんやりとしていく声に小さく笑うレオナルドはアミリを軽々と抱き上げ、そのまま寝室に運び入れた。

居間もいいが、寝室はもっとやさしい感じがする。濃い配色による男性的な威圧感はなく、ここにも肖像画はない。

穏やかなブラウンとベージュでまとめられた部屋の真ん中に寝台があり、そばの小卓にはかわいらしい花が飾られていた。

ここで彼は寝起きするのだと思うと、ほっとするような、そわそわするような。

カバーを剝《は》いだ、大きな寝台にそっと横たえられた。両肘を軽くついて上半身を起こそうとするアミリにレオナルドは覆いかぶさり、キスを繰り返しながら服を取り払っていく。

胸も下肢も素肌を剝《む》き出しにされ、アミリは頰がちりちりと熱くなるのを感じていた。いっそ逃げてしまいたいほどの羞恥に駆られているが、まだなにもしていない。意を決してレオナルドのシャツに指をかけると、彼も身をくねらせ、裸になるのを手伝ってくれた。

「っ、それ、レオナルド様の……おっきい……」

「そうかな？　人並みだと思うが」

濃いくさむらをかき分けて根元からぐんと押し上げているレオナルドの象徴は見るからに太く、長く、凶悪に反り返っていて、欲情に染まった赤黒さはなんとも卑猥《ひわい》だ。

修道院にいたころ、ラーディやネッケと風呂で一緒になったときにちらちらと見たことはあるけれど、他人のものをこんなに間近で見るなんてはじめてのことで、その迫力に思わず息を吞んでしまう。

くねるような裏筋を浮き立たせた男根は先端が大きく張り出し、浅いくぼみにはとろっとしたしずくを溜《た》めている。レオナルド自身がそこに触れて先端を包み込み、軽く扱《しご》き下ろすと、ヌチュッと理性を狂わせるような粘った水音が響く。

「そんなに見られると困ってしまうな」

恥ずかしそうなレオナルドのそこが、さらにむくりと嵩《かさ》を増す。猛《たけ》った肉杭《くい》を見ているだけで身体の奥がじゅわりと濡れ、熱い実がきゅうっと押し潰されるような錯覚に陥った。

「私だけ見られるのも恥ずかしいものだね。さあ、アミリも見せて」

「ん、……あ、あ、ぁ……っ……！」

ころんとひっくり返されて両足首を高々と摑み上げられ、かたちのいい丸い尻の奥まで晒すことになってじたばたした。恥ずかしいなんてものではない。

「とてもかわいいお尻だ。それに――ここ、はち切れそうになってる。触ってもいい？」

つん、とペニスの先をつつかれて必死に頷いた。触られたことで、ガチガチに昂っていることをはじめて知り、顔から火が出そうだ。

ゆったりした手つきで、レオナルドはアミリのそこに指を絡みつけてくる。そのまま上下にそうっと扱かれて、泣きそうだ。

「あっ、あ、くぅ、っ……」

「どうされるのがいちばん気持ちいい？」

「っ……ゆび、で、扱かれるの、すき……だ、め……なんか……ああっ……出る……出したい……っ」

たいして触られてもいないのに最奥からひたひたと熱が押し寄せてきて、呑み込まれそうだ。

「そういうときは、いく、と言うんだよ」

「い、く……？」

淫らな雰囲気が漂う言葉を口にしてみると、ほんとうにどこか高みへと押し上げられそうで、アミリはたまらずに腰を震わせた。

敏感に快感を拾っていくアミリに気づいたレオナルドもさらに指を深く絡みつけてきて、大きな動きに変えていく。下から上へ、上から下へ。

にゅるりとそこがすべる感覚は、さっきからアミリの愛蜜がとめどなくしたたり落ちているためだ。くびれを指の輪っかできゅっきゅっと締めつけられながら根元へと下りていく手淫がたまらなくいい。

「い……く……い、っちゃう、……っね、レオ、ナルド様……いく、から……」

「ああ、見ていてあげる」

「や、ん、っん、あ、っあぁっ、だめ、です、だめ、だめ、そこ、はげしくしたら……いく……いく……っ！」

肉茎をすっぽりと握り込んだ手がなめらかに動き、アミリは掠れた声を上げて背中を弓なりに反らす。

足の爪先から頭のてっぺんまで駆け抜ける甘い痺《しび》れのような快感は、心臓のあたりでばくんと弾けて全身を覆い尽くす。

「あ——……ッ……！」

身体の奥に封じ込めていた蜜をどくどくっと思いきり放った。とびきり熱くて、火傷《やけど》してしまいそうだ。精路の奥から噴き出る蜜は慣れないアミリをいいように振り回す。

「っは……ぁ……っあぁ……っまだ出る……まだ……だめ、いく……ああっ……いっぱい……っ」

頭の中が真っ白になるほどの絶頂感ははじめて味わうもので、声もたどたどしい。身体のそこかしこがぴりぴりと痺れて気持ちよく、レオナルドの手が軽く動いただけで何度も達した。

繰り返し放った白濁を指にまとわりつかせたレオナルドは、「たくさん出したね」と微笑み、アミリの薄い腹に飛び散る精液を指でかき回し、ぺろりと舐める。

「これがアミリの体液か……」

レオナルドにとっても、花生みの精液を味わったのはこれがはじめてらしい。「この味に近い飲み物をずっと口にしてきたが、もうきみしかほしくない」と冗談めかす。

「他人の手で達したのは私が最初なんだね」

こくんと頷き、もつれるくちびるをなんとか動かそうとする。

「……ずっと神様にお仕えしてた、から……」

「そうだね。だったら、私がアミリを鮮やかな花生みに変えてしまったんだね。……きみの精液、とてもおいしいよ。濃くて、青くて、弾けそうだ」

指に絡みつく残滓《ざんし》を長い舌で舐め取るレオナルドの淫猥な仕草に、耳まで火照った。

「花食みの私にとって、きみの精液はなによりも美味に感じる。生きる力にもなりそうだ。汗でも涙でも十分に私の飢えは収まるだろうが、いちばんは精液だろうな」

「……ほかのひとでは……代わりが務まらないですか？」

きみだけだと言ってほしくて、まじまじとその深い色を宿す目を見つめた。

「一度知ってしまったらもう戻れないよ。花生みの精液を取り込まなくても、いちおう日常生活は送れる。だが、これからは花生みが――アミリがほしいという原始的な欲求を抑え込むと、だんだんと正常な判断力や気力が欠けていくだろうね」

くすりと笑うレオナルドにアミリも顔をほころばせ、身体を擦り寄せる。まだ硬くて熱いものが腰のあたりに触れていて、落ち着かない。

「あなたは……？　レオナルド様も気持ちいいことしなきゃだめです」

甘えるような声音を忍ばせた「あなた」という呼びかけに、レオナルドは楽しげに目尻を蕩かせた。

「だめなのか？」

「はい。せっかく花生みの僕がいるんですから……花嫁は、あなたを気持ちよくさせるためにいるんでしょう？」

「アミリ、それは」

「あの、僕、がんばりますから。なんでもしますから。レオナルド様がしたいこと、全部しましょう」

絶頂の余韻が抜けないまま口走ったけれど、気遣うような顔のレオナルドは静かに頭を撫でてくるだけだ。

「大丈夫、……じっとしていれば波は引くから」

「でも。でも……僕だけ気持ちよくなるのはだめです。レオナルド様だっておかしくならなきゃ」

「きみにとっくにおかしくなってるよ」

「そうじゃなくて。もっと違う意味で。僕以外の誰も考えられなくなるぐらい」

せがんでしまうのは、レオナルドに大人の余裕を見せつけられて焦るからだ。

身体を熱くさせているのは自分だけなのだろうか。レオナルドだって反応しているのに、平気な顔でいなせるのだろうか。

だとしたら、ずるい。

「……ずるい、です。僕だけ恥ずかしいとこ見せて……」

思わずむくれたアミリにレオナルドはおかしそうに噴き出す。

こういう態度がこどもっぽいのだと悔やんでももう遅くて。だけど、そんなアミリの胸中を悟ったのか、レオナルドがぐっと身体を押しつけてきて、耳元で囁いた。

「乱暴にしたくないんだ。私のほうがアミリよりずっと年上なんだから、やさしく、紳士的に抱かせてほしい」

「紳士的にって、どんなふうに？　僕みたいに声を出さないんですか？　なにもしないでもレオナルド様は我慢できるんですか？」

「こら、もう」

堪えきれないといった顔で笑い出すレオナルドだが、熱っぽい吐息とともに下肢を擦りつけてくる。ごりっとした感触に顔を赤らめ、上目遣いで彼を見上げた。

「……触ったら、だめ？」

「きみが？　私に？　……いいの？」

いいのに。命じてくれてもいいのに。

すこしとまどっている顔のレオナルドに勇気を出して横向きになり、はっきりした芯を持つそこに手を伸ばしてみた。

じかに触れた大人の男のそこは逞しく、びっくりするほど熱い。

「すご……熱くて、硬い……」

「驚いた？」

「うん……なんだか……ぼうっとします……」

せっけんの残り香だろうか。かすかに甘く、官能的な香りがレオナルドの首元から発している気がして、アミリはさらに身体を近づけて鼻を鳴らし、指先に当たる雄幹の先端をそうっと撫でた。

「……ぬるぬるしてる」

「アミリの指が気持ちいいから」

「あ、びくってした。……もっと大きくなった。触ってるだけなのに」

「触ってるからだよ」

うっすらと頬を赤らめるレオナルドは眉根を寄せ、細く息を吐き出す。ぎこちなく動き回る指先が与える快感は、アミリが考えている以上のもののようだ。

「……いい、すごく」

「ほんとに？　もっと気持ちよくなってほしい。どうすればいいですか」

「キスしたい」

乞われるままにくちびるを吸い取られ、またもめまいに襲われる。

今度は最初からきつくじゅるりと舌を絡め取られて擦り合わされ、閉じた両足の奥が熱く潤ってくるようだ。

いつか新しい命を宿せるように、花生みの身体は柔軟にできている。レオナルドが望むならアミリも添い遂げたいが、気が早いだろうか。

小さな声で訊ねると、楽しそうな気配が伝わってきた。

「そうだね。――いつか。でも確かに早い。だってきみは私のことをほとんど知らないんだよ？　どれだけしつこくて、どれだけ重たくきみを求めているのか、事実を知ってしまったら、すぐさま遠くに逃げ出すかもしれないよ」

「そんなこと絶対にしません。……なにするつもりですか？」

「知りたいんだね？　好奇心旺盛だなアミリは。私はきみのそういうところが大好きだ」

アミリがレオナルドの肉竿《ざお》に手を這わせるように、彼も指を伝わせてくる。一度達したけれど、レオナルドの指を感じるとたちまち反応してしまう敏感さが我ながら憎たらしい。

「感じやすいきみも好きだよ。かわいい」

「……もう……」

もっと恬淡《てんたん》としていて、こんな愛撫《あいぶ》なんかどうってことないという顔をしてみたいのに。最初からいちいち反応しまくっていたら、いくらやさしいレオナルドでも飽きるんじゃないだろうかと心配になってくる。

「……、っ、ん」

胸の裡の惑いを見抜いたかのように、長い指が竿に巻きついてくる。負けじとアミリも同じことを仕返した。自分の愛撫がつたなくても、真心が通じるように。しばし夢中になって互いにそこを扱いていたが、ひとつ息を吐いたレオナルドがアミリの細腰を摑んできた。

「うしろを向いて、私の上に乗って」

「う、上?」

「そう、そこで腰を落としてみて。うん、いい、全部見えて全部触れる」

「ぁ……」

彼の顔にまたがるような格好のアミリは身体中を震わせた。

目の前には太く反り返った雄芯。肩越しに振り返ると、尻に両の指を食い込ませたレオナルドがちろっと熱い舌で会陰を探ってきた。

「ッ――……ぁ……ァ……!」

あまりのすさまじい快感に、一気に視界が真っ白になる。そんなところ、舐められるなんて思わなかった。

肉茎を触られることはおぼろげに想像できても、舐めるなんて。そればかりか、うしろの窄《すぼ》まりに続くやわらかな秘密の場所を尖った舌先でぐりぐりされるなんて。

「だめ……っあっあっ……や、だぁ……っあっ……はずかし……」

「腰が揺れるほど気持ちいいんだね。アミリも同じように舐められる?」

「でき、る、できます……んっ……ぅ……ぅ、く……」

襲いかかる快感から逃れようと、必死に目の前の肉棒を両手で摑み、震えるくちびるを押し当てた。

先端でひくつく割れ目から横竿へ。ちゅ、ちゅ、と吸い取って裏筋を舌でたどると、アミリの尻を摑む手に力がこもる。

アミリだってろくに触れたことがない会陰を舐め尽くされる快感は、言葉にならない。そのまま果ててしまうんじゃないかと思うぐらいだ。

舌が離れてツウッとカーブを描き、ひくひくする孔《あな》へとたどり着く。

「ん……！」

びくんと身体を反らしたのは、狭い場所を指で広げられて薄い縁を揉み込まれ、にゅるんと舌が中へもぐり込んできたからだ。

「あぁ、ッ、ん、んぅ……！」

繊細な感覚が集まるそこをやさしく吸われ、くりくりっと中を広げられながら指が抉《えぐ》り挿ってくる。

気持ちいいとか、すごいとか、もうそれどころではない。

全身でレオナルドを感じ、熱を発した。

いま泣いたら、極上の花を咲かせられるんじゃないだろうか。それほどの高揚感に満たされ、アミリも朦朧とした意識で握り締めた太杭にしゃぶりつく。

「ん……む……っふぁ、っ、あっ」

「いやらしい音を立ててるね、アミリ。はじめてなのに」

「う、ん、っ……そう、だけど、レオナルド様のここ……しゃぶりたく、て……っぁ……ん、おっきくて、口、いっぱいになる……」

張り出した亀頭を見るだけではなく、口の中で味わうと、同性を愛しているのだと強く思う。しかも、大人の男だ。

「アミリの中は狭くて熱くて蕩けそうだ。いつか私がここに挿るかと思うと……」

「いつか……、っていつ？　いまじゃないんですか？」

訊ねるあいだ、無意識に腰が揺れていたようだ。それが悩ましい媚態だとはわからないアミリの声に、レオナルドは苦笑する。

「今夜はまだ。言っただろう？　もっと私を知ってからでも遅くないよ」

「でも、……このままじゃ……ブートニエールになりたいのに」

「わかってる。私は段階を踏みたいだけだ。いつかきみが今夜のことを思い出して後悔しないように。勢いで抱き合うことはできる。私自身、潔く理性を手放すだろうね。野獣にも等しい私を知ったとき、きみが悔やまないかどうしても心配なんだ。だから、ゆっくり進みたい」

「……んんん……！」

言うなり、レオナルドの濡れた舌先が窄まりにくにゅりとねじ込まれ、背中が攣《つ》りそうなほどに感じてしまう。

同時にペニスも扱かれて、あっという間に快感が意識を占めていく。もう無駄口なんてひとつも叩いている暇はない。

息継ぎするのと喘《あえ》ぐのが一緒で、最後には苦しくなる。ちゅくちゅくと粘膜を啜られる心地好さと一緒に腰骨をやさしく撫でられる安堵《あんど》感は隣り合わせで、おかしくなりそうだ。

「や、や、なんか……くる、奥……奥、変になる……っ……」

「またいきそう？」

「んー……っぁ……あぁ……っ……！」

出したい欲望と深いところをめちゃくちゃにされたい気持ちがない交ぜになって、アミリを振り回す。

狭くてやわらかな孔の中をぐるりと指でかき回されたうえに、肉洞を火照らせるようにうずうずと擦られるとどうしたって腰が揺れる。

すごくいいところに指が当たっていた。

もったりと重くしこるそこをそっと触ってほしいような、激しく擦ってほしいようなどっちつかずの感覚に襲われ、アミリは声を嗄《か》らした。

「だめ、だめもう、いく……いくいく……っ……」

「いって。私の前で達してみせて」

「〜〜〜〜ッ……………！」

心臓が大きく跳ねた瞬間。レオナルドに握られたそこからびゅるっと熱がほとばしる。

いけないと慌てたのもつかの間だ。そのまま口で受け止めたレオナルドは強くペニスを啜り上げてきて、アミリをますます狂わせる。

いってもいってもたどり着けない極みがあって、身体中が甘く痺れた。

「あ――あ……ぁッ……ぅ……」

ごしゅごしゅと根元から擦られる絶頂で、視界は白く発光していく。なんとか力を振り絞ってレオナルドを愛そうと思うのだが、身体がうまく動かない。

ごくりと喉を鳴らす気配がうしろから伝わってくるのが、たまらなく恥ずかしかった。まだ息が切れている。

「レオナルド様のことも……いかせたい。僕に飲ませてください」

「むりしたらだめだよ。花生みは、こころに決めた花食みに抱き締められるだけでも満たされると聞いたことがある。私がその相手だといいんだけど」

「花嫁にしてほしいって、あんなにお願いしてるのに……本気にしてないでしょう」

「してるとも。しているからこそ、ちゃんときみの気持ちを確かめながら進んでいきたいんだ。咲きたての蕾《つぼみ》を踏み散らすことはしたくない。私の手の中で温めて開かせたい……なんてことを平然と言う私が怖いとは思わないの？」

「思わないです。嬉しいだけです」

身体の位置を変え、正面から抱き合う格好のレオナルドの広い胸に手をあてがい、アミリは頤を反らした。

「毎日、……僕に触ってくれます？　そうしたら、レオナルド様の手の中で綺麗に咲けるかも」

「言うね、そのとおりだ」

鼻先を擦り合わせてくるレオナルドに、焦れったさが募っていく。

もっとレオナルドにのめり込んでほしかった。正気なんて欠片も持っていない獣になって、求めてほしい。

──いまの僕がそうだから。気持ちいいことも苦しいことも、全部知りたい。レオナルド様から教わりたい。このひとが好きだから。

胸を突き上げる熱い想いに、声が掠れそうだ。

幼いころから気にかけてくれたひとのいちばん近くに来られた喜びが鮮やかすぎて、言葉にならない。ただの家族ではなく、彼が世界でたったひとり愛する花嫁になりたいとずっと考えてきた。

無償の愛を注げる家族より、痛みや空虚なものを覚えてもレオナルドと身もこころも繋がる花嫁がいい。

どんなにがんばっても一生釣り合うことはないだろうが、修道院でこつこつと学び、城にきてからもさまざまな教えを意識に染み渡らせているのは、レオナルドの隣に立つ権利がほしいからだ。

甘いお菓子や素敵な本をもらって胸を弾ませていた幼い日は、もう遠い。

肌の端までレオナルドと溶け合いたい。そしてもっと成長し、いつかは彼のものを身体の奥で受け止めて、痣を顕現させ、正真正銘のブートニエールになってみせる。

ネッケやラーディに抱く感情とはまったく違う燃えるような想いに突き動かされ、厚みのある身体にしがみついた。

今夜は一歩、レオナルドの花嫁に近づけただろうか。

4

軽い触れ合いを繰り返していけば、いつかかならずほんとうの意味で抱いてもらえる。そう思っていたのにいつしか季節は夏から秋へと変わり、気づけば涼しい風が吹き抜けるようになっていた。

あれから何度かレオナルドと甘い夜を過ごしているけれど、いつも手や口の愛撫で終わってしまい、身体の奥まで繋がって果ててもらうという願いはいまだ叶わない。

花食みのレオナルドもそうだが、花生みであるアミリも彼の体液がほしくてしょうがなかった。はしたなく四肢を絡みつけて、奉仕したい。口淫させてもらえたら、きっと唾液以上に満たされる。しかし、レオナルドはそれを許さなかった。

『きみの本能を利用して、私の快感を解き放つのは罪悪感を抱いてしまう』

利用してくれていいのに、好きにしていいのにと頼み込んでも、慎重なレオナルドはくちづけで唾液を交わすことでなんとか説き伏せてきた。

――『どれだけ重たくきみを求めているのか、事実を知ってしまったら、すぐさま遠くに逃げ出すかもしれないよ』

いつかのレオナルドはそう言っていた。

ほんとうの気持ちが知りたい。どれだけ欲してもらえているのだろう。アミリは年下で、レオナルドは一国の王だ。簡単に性欲を発散する軽はずみなひとではないのだとあらためて知って嬉しい反面、荒っぽく抱き潰してくれたらいいのにとも思っている。

逃げ出すぐらいの愛情を感じてみたい。それを重荷だなんて思わないのだが。

「アミリ様、どうなさいました？　最近ずいぶん憂えていらっしゃるようですけど」

「え……？」

「陛下の次に、私がいちばんアミリ様のおそばにおりますもの。もちろんあなたを悩ませているのは陛下ですわね？」

「そう、です」

深くため息をつき、アミリは無意識に背を丸める。すぐに「しゃんとなさって。姿勢の悪さは癖になりますわ」と釘《くぎ》を刺され、慌てて背筋を伸ばす。

心地好い秋の陽射しがあたりを照らす美しい庭に設えられたあずまやで、アミリはシャクからお茶会のマナーを教わっていた。

城に賓客を招いて開かれる大がかりな晩餐《ばんさん》会は王であるレオナルドが取り仕切るが、今後、お茶会などはアミリに主人になってほしいと請われた。

花嫁の一歩手前で足踏みしているのにお茶会の主人になれるか不安だし、自分のような者の客に誰がなってくれるというのか。

芯の明るさが唯一の取り柄と言ってもいいのに考え込む日々が続き、アミリ自身、ちょっと疲れていた。

――悩むぐらいなら、ほかにすることがあるよね。自分でもわかってるけど。

もの思わしげな視線を向けてくるシャクに「すみません」と謝り、大きく息を吸い込んでしっかりと顔を上げた。

「シャクさんにはバレてると思いますけど、夏に、その……レオナルド様の寝室に入れてもらえたんです」

「あら、とうとう！　おふたりもほんとうの花生みと花食みになりましたのね」

「それが中途半端に終わっちゃって。……最後までしてもらえてないんです、僕。もう何度もそういう機会に恵まれてるのに、レオナルド様はいつも寸前で止めてしまうんですよ。むりさせたくないからって。でも、むりしたいんですけど。レオナルド様が求めることならなんでもしたいんですけど」

言っているそばからシャクが肩を小さく震わせて笑っていることに気づき、「もう」と頬をふくらませた。

「大人のシャクさんから見たら、僕はどうせこどもですよね。レオナルド様もそう思ってるのかな」

「考えすぎですよ。出会ったころならいざ知らず、アミリ様を寝室に呼んだということは陛下もおこころを決めたのでしょう。あの方は節操なしではありませんし、こども相手に無体なことはいたしません。慣れていないアミリ様を気遣って、深く手出しすることをためらっているのかと」

「そうなのかなあ……なんか不思議なんですけど、大人って……えっちな気分を我慢できるんですね。

僕はとてもむりです」

今度こそシャクは噴き出し、急いで赤いくちびるを手のひらで覆った。

「申し訳ありません、笑ったりして。私はまったく我慢しないたちですから、アミリ様のお気持ちわかりますわ。私なんて伴侶に一年中求められて大変です。あ、こういう話題、苦手だったらそうおっしゃってくださいね」

「いいえ、大丈夫です。僕のほうから訊ねたことですし。いまはひとつでも多くの意見を聞きたいんです」

「私でよければお力になりますわ。アミリ様には、陛下の花嫁として末永くこの国でしあわせになっていただきたいですもの。さあ、お茶のお代わりを」

「僕が注ぎます」

お茶会の主人候補としては、重たいポットの扱いにも慣れておかなければ。

真っ白な陶器でできたポットをしっかり持ち上げ、ゆっくりとティーカップに傾けた。濃い色合いのお茶は花のような香りで、ささくれた気分をやわらげてくれる。

ふたりぶんのお茶を注ぎきると、「よくできました」とシャクが褒めてくれた。

「前よりずっと綺麗な所作ですわ。アミリ様は筋がよくて教えがいがあります」

「その調子でレオナルド様も夜のおつとめを教えてくれたらいいのに」

「それだけアミリ様を大事に思っているという裏返しではなくて？　陛下がもし不誠実な男性だったら、とっくにアミリ様を組み敷いていると思いますもの。世の男性の中には、一度想いびとを抱いたらそこでもう飽きてしまうひともいるんですって」

「そうなんだ……レオナルド様は、ご自分の想いを知ったらきみは怖がって逃げてしまう、みたいなこともおっしゃったんです。もっとレオナルド様を知って、その思いの深さを受け止めることができたら……最後までするって」

「陛下らしい、とても真面目なお言葉。見栄を張っているのではなく、嘘をついているのでもなく、ほんとうだと思いますわ」

「ほんとに？」

「ええ、いままで浮いた噂ひとつございませんもの。もちろん、一国の王ですし、昔から美しく凜とした方でしたから、他国の王家がこぞって婚姻を申し出てきましたわ。北の国と戦争をしていたときですら、敵将が縁談を持ちかけてきたと聞き及んでおります」

「すごい。あ、でもちょっと前に南から茶葉売りの花生みたちがやってきて、お城にしばらく滞在されていたんですよね。その方々に惹かれてしまった、なんてことは？」

「もう、アミリ様ったら想像力が逞しいのもほどほどにしてくださいませ」

ちらりと睨まれて慌てて謝ると、シャクは、ふふ、と赤く塗ったくちびるを吊り上げる。

「でも、惑う気持ちもわかりますわ。広いお城ですから。いろんなひとがいて、いろんな噂もあります。アミリ様のこころを揺らす噂だってきっとあるでしょう」

そこまで言い切られたら、アミリも素直にこくんと頷くだけだ。

「変なこと言ってすみません。なかなか先に進めないことが心配で」

「もったいぶる陛下もお悪いんですのよ。でも、いまはアミリ様ただおひとりですわ」

「でも……でも、もし、この先、もっと力のある花生みに出会ったら？　たとえば国の繁栄を約束するからっていう花生みとか。豪家の花生みとか」

「地位や名誉に揺れる方ではありませんよ。そんな見せかけのものに躍らされるようなら、いまごろ、とうにアミリ様をその腕に抱いておりますす。そうしないのは、あなたが誰よりいとおしいから。おかわいくて、お気が強くて、たまに情けないところもありますけど、アミリ様はなんといっても素直なお方。陛下と過ごす夜をこころ待ちにしていることを包み隠さずに打ち明けてくださるのは、この世界でアミリ様だけ」

「もう、からかってるでしょ」

皿に盛られたクッキーをつまんで、笑いながらくちびるを尖らせた。チョコレートチップが練り込まれたクッキーはシャクの手作りで、アミリの大好物だ。

「これ、すごくおいしいです」

「簡単にできます。そうだ、このあとすこし作って、陛下にお持ちしては？　最近、イズアラーンとの復交に尽力されていて毎日遅くまで公務に携わっておられるようですから」

十九年前に侵略戦争を始めた北の国・イズアラーンは、長いことこのゴッドバルトと剣を交えてきた。

ゴッドバルト王国の粘り強さによってイズアラーンの野望は潰《つい》え、その後の軍事裁判や復興にレオナルドも関わってきたとシャクが簡単に教えてくれた。

「戦争責任があるイズアラーン王は処刑され、そのご子息が即位されました。気性の激しい先代とは違って、苦しみを知り抜いている新しい王はとても穏やかで謙虚だとか。陛下も戦後の復興と王の立場がどれだけ大変かご存じですから、イズアラーンには協力すると宣言しています」

「イズアラーンはどうやって立ち直っていくんでしょうね……北の国だと寒さが厳しくて、酪農もきっと大変だろうし」

「意外と肥沃な土地に恵まれているんですのよ。いずれまた実り豊かな国になると思うのですが、時間はかかるかと」

「ですよね……」

　戦前の平穏を完全に取り戻すのはまだしばらく先だろうということは、門外漢のアミリにも想像がつく。

　――花嫁なら、国のことを知っておいたほうがいいよね。

「僕ももっと外交のお手伝いできませんか？　学のない花生みで、足手まといになるのはわかっています。教養もないし。でも、いまよりもっといろいろしてみたくて」

「ほんとうに陛下を愛してらっしゃいますのね。――わかりました。宰相のデガートに会わせましょう」

「いいんですか？　ご迷惑になりませんか？」

「なりませんとも。ただ、あちらは冗談の通じない堅物です。結婚したばかりの年下の奥方だけにはでれでれしていると噂ですけど、城の中ではとにかく頑固な花食みです。おもしろみのない男ですが、レオナルド様の有能な右腕ですわ。先代の王にも重用されておりました」

さっそく挨拶に行きましょうと立ち上がったシャクの隣を歩き、城の中へと戻った。

噂の男は、レオナルドの執務室の近くで仕事に勤しんでいた。

「お仕事中失礼いたします。アミリ様をお連れしました。よかったらデガートも一緒にお茶しませんこと？」

室内は荘厳な雰囲気で、天井から床までびっしりと本で埋まっている。それでも収まりきらない書物が積み上げられており、デガートが政治に熱心な男であることが窺えた。

「シャク様はいつも突然ですね。私は見てのとおり執務中ですが」

「いいじゃありませんの。根を詰めて急ぐより、休憩してリラックスすることも大事ですよ」

シャクの堂々とした物言いに、大きな窓を背にして机に向かうデガートはため息をついて立ち上がり、こちらに近づいてきた。

過去何度か、レオナルドのそばにいるところを見たことがある。淡い金髪と突き刺すような青い瞳、大柄でいかにも真面目そうなしかめ面に及び腰になり、直接話したことはなかった。

「アミリ様、こちらが陛下をいちばん近くでお支えしているデガートです。王が城を離れたり、病に伏した際はデガートが代わりに執務を執り行います」

「これまできちんとご挨拶していなくて申し訳ございません。花生みのアミリと申します」

深く頭を下げた。

以前はこうしたまともな挨拶もできなかったが、レオナルドの花嫁になりたくて必死にシャクの教えを吸収し、いまではなんとかさまになっているんじゃないかと自分でも思う。

「もちろん存じ上げております。陛下がいま、もっともこころを傾けている方だ」

「ええ、私が日々手塩にかけて育てていますの」

「そんな方が私にどのような用向きか？」

酷薄そうに見える青く透きとおった瞳が、まっすぐ向けられる。ほんとうに愛妻家なのだろうか。家に帰れば相好を崩し、若い奥方と和やかに話すのだろうか。

「陛下が普段どんな執政を行っているか、気になるんですって。外交について、アミリ様にも手ほどきしてくださいません？」

「しかし、どう見てもまだお若い。政治にも関わったことはないだろう」

難しい顔をするデガートに怯みそうだが、「お邪魔はしません」と告げた。

「いまはまだなにも知識がない状態です。シャクさんにはとてもよくしていただいて、さまざまなことを教わっていますが、もっと近くでレオナルド様をお支えすることができたらなって。これまでよりもっと学問にも力を入れますし、どんなことでもお手伝いしますから、外国とどんなふうにつき合っているのか教えてもらえたら……」

「それは構わないが――いや、やはり私の一存では決められぬ。あなたは王のたいせつな花生み。そんな方にもしものことがあったら困る。外交は私たち大人に任せて、アミリ様はのびのびとお過ごしになるがいい」

「ありがたいんですけど、それだけじゃ困るんです」

とっさに言い返すアミリに、デガートが目を丸くする。シャクはおかしそうに声を上げて笑い、人差し指で目尻を拭っていた。

自分の振る舞いがいかに幼いかすぐに気づいて、「す、すみません」と慌てて頭を下げた。

「幼稚でした。申し訳ありません。ただ、レオナルド様のお役に立ちたくて」

「ご自分に自信がないのか？　せっかく希少な花生みなのに」

鋭い言葉にはっとした。

確かに、自信がないのだろう。

料理もダンスもまだそんなに上手じゃないうえに、花生みとして、国を繁栄させるという薔薇の花びらを流すこともしていない。せめてそれをかたちにできていたら、この国を豊かにする存在になれるのに。

自分になんの価値があるのだろう。せっかく幼いころからレオナルドに目をかけてもらい、ようやくそばに来ることができたのに、花嫁としても一歩及ばない。

せいぜい体液を捧げることで、かろうじて花生みの本能を満たしているぐらいだ。

どんな花でもいいからレオナルドを埋め尽くし、癒《い》やしてあげられたらいいのだが、城での生活はそれなりに順調で泣くほどのつらさはない。

黙り込んでしまったアミリにデガートはため息をつき、浅く顎を引く。

「わかった。毎週一度、陛下や私、臣下たちが集う会議がある。そこに顔を出し、ひとまず話を聞いてみるのはどうだ。わからないことが多いだろうが、執政というものがどういうものか、雰囲気は摑めると思う」

「いい……んですか？　お邪魔になりませんか？」

「あなたが申し出たことだろう。だが、会議では特別扱いはしない。陛下は違うかもしれぬが」

仕方なさそうな口調だが、デガートは見た目以上にいいひとなのかもしれなかった。

ほんとうに面倒ならば、なんとしてでもアミリをはねつけ、政治に加わらせることはけっしてしなかったと思う。

「よかったですわね、アミリ様。私も何度か陛下の会議に参加したことがありますが、普段は温和なあの方が真剣に議論を戦わせているところを見たら、もうパートナーがいる私ですらくらっときてしまいます」

アミリの前ではいつも笑顔のレオナルドが凜とした面持ちで話し合っている場面を想像すると、勝手に胸が高鳴ってしまう。

「会議の日にちと時間は追って伝える」

「わかりました。お邪魔にならないようにします。よろしくお願いします」

意気込んだアミリは深々と一礼した。

大人たちが真剣にまつりごとについて論じ合う場面に同席したいなら、まずこの国の成り立ちをざっとでもいいから把握しておくことが大事だと考えたアミリは、シャクにつきっきりになってもらい、熱心に歴史を学んだ。

教え上手な教育係によって俄然《がぜん》歴史のおもしろさに気づき、さまざまな質問を浴びせた。

「人間って、ずっと昔から戦争を繰り返して、同じような後悔してるんですね……愚かしいと思うけど、そのたびにすこしずつ賢くなってる気がする」

「ええ、そうですわね。感情に任せて力で相手を打ち負かすのは誰でもできることですが、知力を養うことで耐える強さや跳ね返す逞しさを培えますわ。そのことを歴史の偉人たちは教えてくれます。おもしろくなりました？」

「とても！　それにしても不思議ですよね。イズアラーンってどうして大陸統一を願ったんでしょうか。領土を広げて、世界を掌握したいという考えからですか？　僕が生まれたころにはとっくに戦いが始まっていたから、きっかけがわからなくて」

「よかったら今度、陛下にそれとなく、イズアラーンとどうして戦になったのか聞かれてみては？　陛下にとっても、戦について理解を深めていくアミリ様は頼もしいはずですわ」

シャクの提案がなんとも魅力的に思えて、その夜、アミリは王の私室を訪ねた。

寝る前のひとときをふたりでともに過ごすのが、ここ最近の習慣だ。

今夜もレオナルドみずからお茶を淹れ、手渡してくれた。彼だって疲れているだろうにと思えば、温かい一杯がとてもありがたい。長椅子に並んで腰かけ、豊かなお茶の香りに鼻先を蠢かせた。

「いい香りですね……広がりがあって落ち着く。寝る前にぴったりです」

「西のレアルだけで採れる茶葉で、私も気に入っているんだ」

「ゴッドバルトとも親交が深い国ですね。昔から互いに助け合って、双方の観光客も多いと聞きました。昔、レアルが他国から独立する際の戦争も手助けしましたよね」

「だいぶ昔のことなのによく知っているね」

感心したようなレオナルドの声に、「付け焼き刃の知識ですけど」と照れくささを隠しながら頷く。にわか仕込みの情報をうかつに披露して得意満面になっていたら、それこそ目も当てられないとは思う。けれど、自分がどのへんまで学んでいて、この先なにが知りたいのかを明かすのは間違っていないはずだ。

「遥《はる》か昔のレアル独立戦争には我が国も深く関与しているんだ。私自身生まれる前の話だから、書物でしか読んだことのない歴史だが、いまでもレアルの国民には温かく迎えてもらえるよ」

「レアルってどうして他国に侵略されていたんですか。このお茶が関わってます？」

「ああ。ここまでよい香りと味わい深いお茶は真似したくてもできるものじゃない。その土地の恵みというものがあるからね。我が国をはじめ、多くの国は年間生産量のうちわずかでも輸出してもらえればありがたかった。そもそも、昔レアルを侵略していた圧制国はイズアラーンだ」

「はじめて知りました」

「最初の侵略については隠蔽《いんぺい》しようと躍起になっていたらしい。こちらも、もう古い戦いだから、各国の王だけが知っていることかもしれないね。そのときもレアルの茶葉に惚れていたゴッドバルト王国が、イズアラーンをからくも蹴散らした。あの国がどうして大国として名を馳せたか、知ってる？」

「確か……希少な鉱石の産出国ですよね。険しい山の奥からしか掘り出せない鉱石は美しく強度もあって、細工次第では高価な武器にも装飾品にもなって世界中で重宝された……んですよね」

「すばらしい、完璧だ」

賞賛してくれるレオナルドに思わず口角が上がった。

「その鉱石を十九年前に掘り尽くしてしまったイズアラーンは、食い詰めて困窮していた。対して、レアルはつねに高品質な茶葉が流通されるように厳しく管理していた。いっときは、イズアラーンの鉱石にも負けないほどの高値で取り引きされるぐらいだったんだ。宝石にも代えがたい一滴、としてね。イズアラーンは再びそこに目をつけた。もともと大陸の覇者になる野望を抱いていた国だから、戦の知識には長けていたんだよ。それで……長い戦争が始まった」

「そうだったんだ……イズアラーンも、よく長年持ちこたえましたね。貧しかったんでしょう？」

「海の向こうにある他国が一時的に資金援助していたんだよ。バルデア大陸を統一した暁には、領土を一部分け与えると約束していたらしい。私の父の第十代ゴッドバルト王はそれも気に食わなくて、今度こそ、レアルをはじめとした各国の自治を奪うイズアラーンを叩くと決意して、人生を戦争に注ぎ込んだ」

言葉もない。

レアルも戦に呪われた歴史だろうが、その解放に尽力したゴッドバルトもすさまじい日々を歩んできたのだ。

「……戦に勝ってなきゃ、もしかしたらいまごろ、このお茶は楽しめなかったかもしれないんだ」

「そうだ。戦争は人命も文化も奪ってしまう。レアルにとってお茶は国の顔とでも言うべき存在だ。自慢の顔を汚されたり、奪われたりするわけにはいかないだろう？」

「はい」

たった一杯のお茶にも深い歴史がこもっているのだと思うと、よけいに味わいたくなる。

「レアル独立戦争から、イズアラーンはゴッドバルトをいたく敵視するようになった。もともと、彼らは我が国にもなみなみならぬ興味を抱いていたからね。ゴッドバルトは国土が広く、土地も豊かだ。イズアラーンも今度こそはと思っていたんだろう。互いに宿敵だったんだよ」

「よく……けりがつきましたね」

「ついこのあいだまで続くような長期の戦争になるとは、私の父も思っていなかったようだ。兄たちも私も皆、長くて二年、三年で戦いは終わると考えていた」

「長引いた理由って、あるんですか？」

おそるおそる聞いた。王家を責めているわけでないことは信じてほしい。

悩ましげな顔でレオナルドは苦笑いし、「楽観視しすぎたんだろうというのがひとつ」と呟く。

「イズアラーンの恨みがいかほどのものか、考えが足らなかった。北の大地を統べるイズアラーンは気位が高くて頭もいい。何年経っても、レアル侵略を阻んだ我が国がどうしても許せなかったんだろう。一度戦いを始めたら、我が国を焦土化するまで手を引かないと宣言したこともある」

「そこまで思いつめてたんだ……」

「たいていの戦は恨み辛《つら》みから始まる。最後の数年はイズアラーンもやぶれかぶれだったが、ゴッドバルトはレアルをはじめとした協力国のおかげで、なんとか持ちこたえたんだよ。それで、かろうじて勝った」

「よかったです。ほんとうに……勝ってよかった」

「私は特別なことはしていないよ。父や兄たちが勇敢だったおかげだ」

控えめな男が微笑むのを見つめ、アミリは静かに首を横に振る。

「レオナルド様が僕みたいな小さな存在もきちんと拾ってくださる方だったから、いまの平穏があるんです。イズアラーンに生まれていたら、涙が涸《か》れるまで働かされていたんだろうなって思うから」

「きみの涙を粗末にするわけがないだろう。安心してほしい。イズアラーンも長い戦いで得るものがあまりなかったと気づいたようだ。いまの王はまだ若くて、治世を目指している。長いこと戦争ばかりしていた祖国を恥じているからね、自分の代からでもやり直せないかと必死だが、足を引っ張る奴《やっ》もいる」

「そんな失礼なひとがいるんですか？」

「戦争で儲《もう》ける者や、国の名誉のために殉ずることをいとわないひとから見たら、平和を選ぶ王は退屈らしい。私は、イズアラーンを応援していくよ」

戦後の復興を担う重責を、レオナルドも、イズアラーンの新しい王もよくわかっているのだろう。

「僕もなにかお手伝いできたらいいんですけど」

「きみも政治に加わりたい？　そう望むならテーブルに着く準備をするけれど」

真剣なまなざしで問われ、しばし黙した。

デガートやレオナルドたちがこれからの平和な世に向けてどう舵《かじ》を切るのか見てみたいと思うとともに、とってつけたような知識ではとても太刀打ちできない分野だということは、あらためてよくわかった。

「私は、ふと口にしたお茶がおいしくて、そこからレアルとはどんな国なんだろうと興味を持ってくれたことがとても嬉しい。遠い場所や遠い過去の出来事がいまの自分にどう影響を及ぼしているのか、探っていくのは楽しいものだ」

「はい。頭の中でどんどん地図が広がる感じ。西にも北にも東にも国々があって、いろんなひとが住んでいて、言語があって、時間をさかのぼればいまとはまた違う文化があって……なんだろう、可能性が増していく気がするんです。知識が増えるって、こういうことですか？」

「そうだ」

「勉強ってこんなにおもしろいんだ……もっともっと学んでおけばよかった」

「いまがきっと、アミリにとって収穫のときなんだよ」

収穫とは、うまいたとえだ。まだ手にできる実はすくないだろうけれど、日々手入れを欠かさなければ、いつかかならず役立つ。

「これから学ぶのでも遅くはありませんよね。でも、いきなり突っ込んでいくのはやめておきます。国政に口を出せるほどの立場じゃないし」

「そんなことは気にしないでほしい。私はこの国がよりよくなるためには、民のひとりひとりがどんな未来であってほしいのか意識することだと思っている。戦争では、か弱い花生みも前線に駆り出された。あれはつらかった。誰でもいいから戦いに参加すべきだとは、私は思わないのでね。アミリはどう考える？」

「僕自身、そんなに体力があるほうじゃないから、もし前線に出ていたら皆の足手まといになっていたと思います。だったら、べつの方面で役立とうとしてたかな……。戦略を立てられるほどじゃないから……」

自分が得意なこととはなんなのだろう。太平の世だとしても、おのれの長所を見極めるのはたいせつだと思う。

「短所ならいっぱい見つかるんですけど。勉強不足だったり、料理や裁縫が下手だったり」

「それは、誰かに指摘されたこと？　『アミリは手先が不器用だね』と誰かに言われたことがある？」

問いかけにうつむいた。ラーディやネッケたちのほうがさまざまな分野ですぐれているけれど、アミリを嗤《わら》ったことは一度もなかった。だから逆に、自虐的になっていたのかもしれないなと思う。

以前、城内を散歩していたときに侍女たちに揶揄《やゆ》された痛みは、日が経ったいまでも胸の奥にかすかに残っている。透明な棘《とげ》が抜けずに刺さったままのようだ。

「……ちょっとだけ、言われたことあります。僕が考えすぎなんだろうけど」

「もし、きみをそんなふうにからかう者がいたら、そいつはほんとうのアミリのよさを知らないだけだ」

「レオナルド様……」

「アミリは自分が考えている以上にものごとをやり遂げる人間だ。どんなことでもまっすぐに吸収して、疑問に思ったことはちゃんと考えて口にする。そこがまさしく、きみの美点のひとつだよ。それでどう？　私と一緒に政治に関わってみるかい？」

「お邪魔じゃなければ、一度だけでも末席に加えてください。どんなお話をされているのか拝聴したいです。あなたやデガートさんたちと堂々と意見を戦わせることは、いまの僕にはとうていできませんけど、実際に聞いて自分なりに考えてみたい。こんなわがまま、いいのでしょうか」

「もちろんだよ。ではさっそく、次の会議に加われるよう手配しよう。話に集中できるよう、隅の席を用意させるよ」

「ありがとうございます。デガートさんにも伝えています」

「なら、話が早い」

レオナルドは手を伸ばしてきて、するりとアミリの目元に触れる。ほのかに温かい指先が身体の奥に火を点けるみたいで、落ち着かない。

「日ごとにアミリは魅力を増していくね。蕾が美しく花開く瞬間を目《ま》の当たりにしているみたいだ」

「もっと学びたい。あなたの役に立てるように」

「自分のことだけを考えていいんだよ。誰かのため、国のためと考えて動いていると息苦しくなるときもある。——さあ、夜も更けてきた。部屋まで送ってあげるから、もう寝なさい」

「でも……」

今夜はこのまま、熱に浮かされたように国の未来を語り明かしたかったのだが。

とはいえ、まだ眠くないと言い張るのはこどもっぽい気がするし、レオナルドにも明日がある。

渋々頷き、「またお話ししてもらえます?」と彼を見つめると、長い指がアミリの額をつんとつついてきた。

「いやだなんて言うわけないとわかっているくせに。アミリは私を惑わす天才だ」

それから、レオナルドはさも楽しそうに微笑んだ。

5

豪奢な椅子が配置された部屋にレオナルドやデガートをはじめとした重臣たちが十人ほど集い、イズアラーンが提出したという外交政策について論じ合った。

諸外国からすでに経済制裁を与えられているイズアラーンにさらなる処罰を加えようという声も出たが、長い戦いで罪のない民たちが疲弊しきっていることを知っていたレオナルドやデガートはその案を阻んだ。

「あまりに激しい罰は、ひとのこころを歪《ゆが》ませる。イズアラーンはこれから長い冬に入っていくんだ。いま以上に苦しい状況に追いやったらほんとうに国が飢える」

「しかし陛下、ここで甘やかしたらいつまた奴らは戦いを始めるかわかりませんぞ。いまは武器も資源も放出しきっているでしょうが、彼らの執念深さはなみたいていのものではありません。数年、数十年かけてもう一度軍備を整え、いずれまたゴッドバルトにも戦いを挑んでくるかもしれません」

「そうだな……簡単に恨みは晴れないかもしれん。……では、今後百年にわたって治世を維持せよ、国境の監視が当面厳しくなることを覚悟し、国の再興に努めよと言い渡そう。和平の条件をひとつでも破れば即座に制裁の幅を広げるとの書状を作る」

「よい判断だと思われます」

レオナルドの真剣な声にデガートが重々しく頷く。

約二十年も続いた戦争をあっさり許すわけにはいかないという、強い意志を感じる。今後百年もの治世というのは気が遠くなりそうだが、それぐらいは誓ってもらわなければとアミリも思う。

「アミリ、きみからの意見があれば聞かせて」

突然の声にぱっと顔を上げると、皆の視線が集中している。その真ん中を占めるレオナルドに慌てて「なにも、とくには――」と呟くが、すこしうつむいた。

勉強が足りない現時点ではどんな意見も幼いだろう。たどたどしい意見を口にしたら笑われるかもしれない。

――まだ勉強中だし。このあいだの戦いについてすべてを学んだわけじゃないし。

隙だらけの意見を披露するのは勇気がいる。

だが、口をつぐんでいても仕方ない。失笑されるのが怖くて黙っていたら、ここにきた意味がないではないか。

あれこれと考えた末に、「――イズアラーンは寒い国ですし」とアミリはゆっくり話し始めた。普段のお喋りだったらぽんぽんと弾むような会話を楽しむが、ここは大事な場面だ。頭に浮かんだアイデアを何度か反芻《はんすう》し、言葉も選ぶ。

「戦後で、花も緑もなかなか根付かないかもしれません。いまは食料の調達が先でしょうし。でも、食べられる花もたくさんあります。育てている最中からひとの目を楽しませて、最後にはおなかも満たしてくれる草花の苗をイズアラーンに提供するのはどうでしょうか?」

「なるほど……花生みらしい考えだね」

「おいしい調理法もあります。苗の増やし方もお教えできます」

「いいね。土地を豊かにすることで故郷のよさを振り返るのは、どこの国も同じだ。皆はどうだろう? 苗を提供する案を盛り込もうか」

「力を行使しないという意味で、私はこころから賛成いたします」

「私もだ」

「私もアミリ様のお考えに賛成します」

デガートの声に重臣が続き、二時間あまりの会議が終わった直後はほっとため息をついたほどだ。

——もっともっと勉強しなきゃ。

政治に加わってみたいと軽々しく言ったことが猛烈に恥ずかしいけれど、怯んでいたらなにも始まらない。

日々研鑽《けんさん》を積むことをおのれに誓い、学問に精を出すかたわら、料理や裁縫も地道に努力を続けている。

会議に参加させてもらってから十日が過ぎた。

最近のレオナルドはとくに忙しい。イズアラーンとの会談のため、一昨日から城を離れているレオナルドは出発直前までアミリを気にかけていた。

『向こうまで行くわけではないんだ。イズアラーン王が近くまで来ることになっているから、三日ほどで戻る。今後について直接話し合っておいたほうがいいと思ってね』

当然だと思う。イズアラーンに釘を刺す意味もあるだろうし、レオナルドからしてみたら新しい王を励ます意味合いもあるのだろう。

『僕は大丈夫です。レオナルド様がお戻りになるまで、デガートさんやシャクさんたちとお城をしっかり守ります』

『むりしちゃいけないよ。花生みがすこやかに生きるためには、花食みの愛と体液が必要なんだ。アミリが城にきてからずっと私がそばにいたから、ここでいきなり離れると体調を崩さないか心配だ』

『ほんとうに気にしないでください。数日だったら問題ないと思います。どうかお気をつけて、行ってらっしゃい』

レオナルドを笑顔で送り出したのが二日前。明日には戻ってくるという日の昼食後の散歩中、アミリは妙なふらつきとめまいを覚えて顔をしかめた。

日頃の疲れが出たのだろうと割り切ればいいのだが、いまさっき目にしたばかりの光景が何度も脳裏にちらついてしまう。

いつもの庭をのんびりと歩いていた途中で、美しい女性を見かけたのだ。

波打つ鳶《とび》色の髪が陽の光を弾き、引き締まった身体の線がなんとも軽やかでアミリの目を引いた。枯れ草色のドレスは古びているようだが、全身からきらきらした輝きを放つような彼女にはとても似合っていた。

城では見かけない顔だと様子を窺っていると、視線に気づいたのだろう。女性から視線を絡め、にこりと微笑んだことでアミリも急いで頭を下げた。

どこかの姫という雰囲気ではなかった。

近づきがたい高貴さというより、思わず話しかけたくなるようなかわいさと明るさが彼女にはあった。だから、アミリも勇気を出して声をかけた。

『お客様ですか？』

『ええ。陛下にお目通り願いたくて。でもいま、お城を離れてらっしゃるんですのね。もうすこし早めに着いていれば——途中で、馬が怪我してしまってもともとの到着より遅れたんです』

『明日にはお戻りになるご予定ですよ』

『そうらしいですわね。ご挨拶できるのが楽しみです』

あまりにうきうきした彼女がどんなひとなのか、城にきた目的はなんなのか、知りたくなってしまった。

『——どんな用向きでお城にいらしたんですか？』

さりげなく聞いたアミリに、女性は艶やかに塗ったくちびるの端をきゅっと吊り上げた。

『それはちょっと言えませんわ。誰にも内緒にしてほしいと、陛下に固く口止めされてますもの』

秘密めいた瞳が気になり、とまどう。からかわれているのだろうか。それとも、ほんとうにレオナルドとともに隠しごとをしているのだろうか。

『秘めた想いを守るのが、私の役目ですから。ああ、向こうで侍女さんが私を呼んでいますわ。それではまた、ごきげんよう』

ドレスの裾をふわりとひるがえして去っていく女性をぼうっと見送ったあと、アミリは悄然《しょうぜん》と肩を落として部屋に戻った。

——あのひと、何者なんだろう。

ぼんやりしながらカウチに横になった。しかし、目を閉じるとよけいにくらくらしてくる。

花生みはあまり丈夫ではないので、花合いや花食みより体調に気を遣わなければいけない。

修道院にいたころもときどき、ひどい風邪で寝込むことがあった。ネッケやラーディもそうだ。

あの時分は互いに体調を案じていたが、この城にきてからさまざまなことがあり、そこまで気が回らなかった。

ひとりでめまいに怯えていると、よけいに不安になる。レオナルドが帰ってくるまで耐えなければ。

——レオナルド様と離れているからこその不調なのかな。だとしたら、いまの僕たちは以前よりずっと強く結びついてるのかな。

甘い方向に意識をそらせたいけれど、頭の芯が揺れるような感覚が怖い。

カウチに身を横たえたままどうしようと考えているところへ、扉をノックする音が聞こえてくる。

アミリが「どうぞ」と力なく返事をすると、シャクが扉を開けて笑顔をのぞかせ、慌てて駆け寄ってきた。

「どうなさいましたの。真っ青じゃありませんか」

「なんか……くらくらして。すみません、大丈夫です」

身体を起こそうとしたが、すぐに止められた。

「いけません、じっとしていて。すこし目を閉じていて」

ありがたくクッションに頭を預け直した。そっとまぶたを手のひらで覆われ、やさしい闇にふさがれた。温もりが心地好い。

「熱は……すこし高いですわね。風邪かしら。それとも食あたりとか」

シャクは考え込んでいたが、目元を潤ませるアミリにピンときたようだ。「もしかして」と顔をのぞき込んできた。

「もしかしたら、レオナルド様と離れているからじゃありませんの？　花食みに愛された花生みは体調を崩しやすいと聞いたことがあります。そういえば昨日もあまりお加減がよくありませんでしたものね。待ってて、いま飲み物を持ってまいります」

タイトなドレスの裾をさばいて部屋を出ていったシャクは、すぐに細長いグラスを持って戻ってきた。

カウチに肘をついて半身を起こしてグラスを受け取り、甘い香りに誘われるように一気に飲み干せば、魔法のようにめまいが収まり、指先を覆っていた痺れが引いていく。

「楽に……なりました」

「よかった。いま飲んでいただいたのは、花食みの体液に近い成分の樹液です。普段飲んでらっしゃるものよりだいぶ濃いめに作りましたけど、身体に合ったようでほっとしました。ほんとうは花食みであるレオナルド様がそばにいるのがいちばんだと思うんですけど」

「こんなに影響が出るものなんだ……」

「不思議ですわね。こころも身体も愛し合う者同士の波長があって、遠く離れてしまうと弱ってしまうんですのよ。花生みというだけあって、花食みから絶えず愛情を注がれていないと枯れてしまう恐れがあるんじゃないですの？」

「……そうなのかな……」

肌を許したからこその不調なのだろうと考えれば、納得がいく。

「レオナルド様も明日にはご帰還なさいます。それまではゆっくりお身体を休めてください。お城にきてずっと気を張っていたというのもあったんじゃありません？」

「そんなにむりしていたつもりないんですけど」

「明日レオナルド様がお戻りになったら、すぐに様子を見てもらいますわ。それまで、どうぞお好きに過ごして。意地を張ってはいけませんよ。いいですわね？」

念を押されてしまえば頷くほかない。

「ほかになにか必要なものはありませんか」

ない、と言いかけ、あの昼間の女性のことを思い出す。

「庭を散歩している最中に、鳶色の美しい髪の女性を見かけたんですが、シャクさん、知ってますか？　お客様のようでした」

「鳶色の髪、ですか……いいえ。覚えがありません。どうなさったの？」

その女性のことを簡単に話して聞かせた。ぱっと目につく容姿で、ひとあたりがよかったこと。城にやってきた目的を問いかけると、彼女はいたずらっぽい目でするりとかわしたこと。

「——陛下に口止めされているからって、教えてもらえなくて」

「まあ、そんなお客様がいらっしゃるなんて、私も聞いておりません。ほんとうになにか隠しごとがあったとしても、それでアミリ様を不安にさせるなんてよろしくありませんわね。私にもひと言伝えておいてくれてもいいでしょうに、陛下ったらもう」

自分のことのように怒るシャクを見ていたら、すこしほっとした。案じてくれているのだとわかり、胸が温かくなる。

「事情があるんでしょうね、きっと。明日、陛下がお戻りになったら聞いてみます」

「そうしましょう。私からも、申し送りはしっかりしてくださいと伝えておきます」

一国の王相手にもまったく怯まないシャクが頼もしい。彼女が部屋を出ていったあとは早々に眠ることにした。

翌朝まで一度も目覚めることがなかったのは自分でも驚いたが、シャクの言うとおり、むりがたたったのかもしれない。

朝も昼も濃い樹液ですませ、夜になってようやくおなかが空いて甘くみずみずしい果物を口にした。すこし動きたい気分だが、とっくに陽も落ちている。

「だったら、湯浴みかな」

たっぷりとした湯に浸《つ》かるのではなく、桶《おけ》に汲《く》んだ熱い湯に布を浸して肌を拭くだけだが、意外なほどに気持ちいい。

ちょうど夕方、様子を見にきたシャクからいい香りのオイルをもらったばかりだ。これを湯に垂らすと肌がなめらかになるうえに、気分も落ち着くらしい。

侍女に理由を話し、厨房で沸かした湯を分けてもらうことにした。

こういうとき、自室に浴室があるのはありがたい。修道院時代は風呂に入るにも順番を待たねばならなかったから、自分の好きなときに湯を使うことはできなかった。

「王様のお城は違うな……」

服を脱ぎ、ひと抱えある桶の湯にオイルを垂らすと、蒸気で花の香りが浴室いっぱいに広がる。濃くて甘い湯気にゆるゆると緊張がほどけていくようだ。

胸の奥まで花の香りを吸い込み、うっとりしていたから、「——アミリ」と背後から突然聞こえてきた声に飛び上がるほど驚いた。

慌てて振り返れば、レオナルドが半端に開いた浴室の扉をノックしている。

「何度か呼びかけて扉も叩いたんだが。いまさっき城に戻ってきた」

「気づかなくてすみません、あ、あの」

無意識に、手にした布で下肢を隠す。

「すまない。なにも見ていない」

素っ裸のアミリから真っ赤になった顔をそらすレオナルドに微笑み、「いえ、こちらこそ」と言う。

「体調を崩したらしいとシャクに聞いたが、いまはどう？　調子の悪いところは？」

すこし急いた声が、いつも余裕のあるレオナルドらしくなくてちょっと嬉しい。

ほんとうにやさしいひとなんだと、こんなときあらためて思う。

「レオナルド様だって疲れていらっしゃるでしょう」

「私のことはいいんだよ。大事なのはきみだ。めまいがあったそうだが、いまは？」

「もう大丈夫です。昨日からずっと休んでますし。さっき果物を食べたから、おなかも落ち着いています」

「ならよかった……私がそばを離れたから体調を崩してしまったのかな」

「シャクさんはそうじゃないかって言ってました。花生みというだけあって、花食みから絶えず愛を……いえ、その、近くにいないと枯れてしまう恐れがあるんじゃないかと」

「ああ、私もそう聞いたことがあるから今回はほんとうに心配した。私の責任だ。ほんとうに悪かったよ」

詫《わ》びる声が切実だから、アミリはぎゅっと拳を握り、「謝らないでください」と懸命になった。

「レオナルド様は一国の王なんだから、忙しいのは当たり前です。逆に僕が足手まといになっている気がします」

「それはない。むしろ、いまの私のほうが健全だとデガートに言われたぐらいだよ。アミリが城に来るまでは戦をどうにかすることで頭がいっぱいすぎて、それこそ朝も夜もなかった。だが、きみがきてくれてからは一日三回食事するようになったし、ちゃんと眠って、休むことも覚えた。アミリと一緒にいる時間を捻出するために、公務に向き合う時間をきちんと決められるようになったんだよ」

「僕にそんな効果があったんですね」

くすっと笑ったところで、裸のままの自分に気づいて顔を赤らめた。

「ごめんなさい、いまお風呂出ますから」

「ゆっくりしていいんだよ。そうだ、私が背中を擦ってあげる。自分じゃ手が届かないだろう」

「とんでもありません、いますぐ拭いて出ます」

気持ちは嬉しいが、相手は仮にも国王だ。高貴なひとに自分の背中など洗わせるわけにはいかないと固辞したけれど、「やらせてほしい」と繰り返し頼み込まれるといやだとも言いにくい。

国王にそう何度も頭を下げさせられない。しまいにはアミリのほうが折れた。

「じゃ、あの、ちょっとだけ。でも、お召し物濡れちゃいますよ」

「気にするな。腕まくり足まくりすればいい」

そう言ってレオナルドは早々に袖をまくり上げ、アミリに近づいてきた。

「アミリは浴槽の縁に座ってくれるかい。私に背中を向けてごらん」

「……お願いします」

おとなしく背中を向けると、固く絞った布が肌をゆっくりと擦り始める。肩を摑んでくる大きな手に胸が弾んでしまうけれど、自分ではうまく拭けない背中の真ん中に熱い布が当てられる心地好さに吐息がもれた。

「レオナルド様……お上手ですね。国王なのに、こういうことは何度か経験してるんですか？」

「戦時中は、負傷した兵士たちの世話もしていたんだよ。医師は何人いても足りないからね。簡単な怪我の手当てもできるし、介助もすこしは自信があるんだ。どう、気持ちいい？」

「うん……すっごく」

王であるレオナルドが膝をついて身体を拭いてくれているのだと思うと、申し訳なさと不思議な嬉しさがこみ上げてきた。

きっと、こんなことをしてくれるのはアミリにだけだ。

胸が甘くやさしくほぐれていく。つまらない意地を張ったり、格好つけたりしているのがばかばかしくなってきて、アミリはちょっとうつむいた。

「昨日の昼間、庭を散歩していたら鳶色の髪をした女性に会ったんです。レオナルド様に呼ばれて城にきたとおっしゃっていて。もうお会いになりましたか？」

「どうだったかな、私もまだ城に戻ってきたばかりなんだ。会ってないと思うよ」

ほんとうだろうか。

声が上擦っている気がするけれど、いちいち突っ込むところだろうか。

「どんなご用でお城にいらしたんですかって聞いても、陛下に口止めされているとおっしゃってました……」

「ふうん……」

気のない返事が下手すぎて、こんなときなのに、つい笑いそうになってしまう。

「あの方、レオナルド様の花嫁候補……とかじゃないですよね？」

「それはない」

きっぱりとした声のレオナルドが肌を擦る手に力を込める。

「きみ以外にこころを移せるほど私は器用じゃないんだよ」

「お城に茶葉を売りにきていた花生みは？」

「もう旅立ったよ。この周辺を回ったら、故郷に戻るそうだ」

「じゃあ、シャクのお産を手伝う女性はまだきてませんか？」

そういう女性が来るということを以前耳にしたことがあったのだ。

「それはまだ会っていないね。いいかいアミリ、この城にはさまざまな目的を持つ者が訪れるが、誰ひとりとして私とアミリの仲を邪魔できる奴はいない。いたとしたら、私がすぐさま追い出す」

大人の男にしてはかわいらしい言葉に、思わず頬がゆるんだ。

「アミリは私を試しているの？　そんなに煽って、私がどれだけきみを求めて焦っていたか、いまここで知りたいのかい？」

「そういうわけじゃ……ないですけど、でも、やっぱり気になる。レオナルド様の花嫁になるのは、僕だけだと思ってます」

「それでこそ私のアミリだ」

肩の線から腰へとすべり落ちる厚い手のひらに、痺れるような甘さが忍んでいる。そのことに一度気づいたら身体の中心が熱くなりそうで困る。

そういう場面じゃないのに。

自分を戒めれば戒めるほど、たった三日離れていただけでこんなにもレオナルドを求めるのかと驚いてしまう。

前はこんなふうじゃなかった。レオナルドをいとおしく思っても、伏せってしまうことはなかった。

そして、ここまで飢えた想いを抱くこともなかった。

膝頭をもじもじ擦り合わせながら熱を紛らわそうとするのだが、逆に意識してしまって下肢がむくりと頭をもたげる。

急いで両手でそこを隠すと、肩甲骨のあたりに熱いくちびるが押し当てられた。

「もしかしてアミリ……、私を求めてくれている？」

「……ッ」

「恥ずかしがらないで。そうなったらいいなとすこし意味深に触ってしまった。この三日間……いや会議のあとからずっと忙しくてきみと話すのもままならなくて、どんなに私が焦れたか教えてあげたいよ。私もだめだな。ぜんぜん大人じゃない」

「ぁ……っ……レオナルド……さま……」

いつの間にか大きな手がアミリのそこをきゅっと握り、根元からにゅるりと扱き上げていた。

ぬめる感覚がするのは、感じやすい先端から蜜がとろとろとあふれているせいだ。

くびれを指で甘く締めつけられ、裏筋を下から上へとなぞられると、それだけで背筋がぞくぞくして達しそうになる。

「だめ……すごく、いい……」

「ここでいかせてあげようか」

やさしい声に、ぶるぶると首を横に振った。

自分だけ裸なのが恥ずかしいのもあるが、せっかくならレオナルドと正面から抱き合いたい。

それに、あまり広くない浴室は嬌声《きょうせい》が反響して恥ずかしい。

「ここじゃない、ところで……」

「じゃ、アミリの寝室に行こう。こっちを向いて、私の首に摑まって」

昂った下肢を見られないように身体をひねり、懸命にレオナルドの首に両手を回す。そのままレオナルドが背中に手をあてがってきて、ぐっと抱き上げてくれた。

彼よりは細身にできているが、けっして小柄ではないと思う。

なのに、まるで羽根のようにふんわりと抱き締められて、よどみない足取りでベッドへと運んでもらえた。

ひとひとりを抱えてもまったく動じず、悠々と歩くレオナルドが誇らしい。引き締まった身体をしていることは、抱きつけばよくわかる。

普段、ひとりで眠る寝室は、侍女の手によってどこもかしこも綺麗に調えられていた。

しかし、修道院生活が長かったせいで、朝起きたらすぐに寝台の乱れを直す癖が染みついてしまっている。

寝ぼけた顔でシーツを直すアミリを見るたび、侍女が慌てるぐらいだ。

薄明かりの中、寝台はやわらかに浮かび上がっている。

「綺麗にしているんだね」

「侍女さんたちのおかげです。僕はなにも。ここはレオナルド様のお城ですし」

「きみのものでもあるのに」

囁きとともに広い寝台に横たえられた。すぐに大きな影が覆いかぶさってくる。

「レオナルド様……」

「ふふ、もう目がとろんとしてる。かわいいな、アミリは。すこし触っただけなのに」

「だ、って……レオナルド様のすること、よくて……」

「嬉しいよ。だったら、今夜はもっとしてあげよう」

首筋を熱い舌先がたどり、足の裏から這い上がってくる心地好さに全身が包まれていく。尖った舌先でちろちろと舐められ、熱い息を吐いた次の瞬間、くちびるが胸を這う。

「ん……！」

はじめてそこに触れられたわけではないけれど、身体が跳ねてしまうほどに気持ちいい。ちゅ、ちゅ、と乳首を軽く吸われるだけで声が次々にあふれた。

「そこ、や、……っぁ、……ぁ、っいい、……っ」

きつく吸い上げられるのがたまらなくいい。

唾液で濡れそぼった胸の尖りを舌先で転がすレオナルドは、もう片方の乳首を指で押し潰し、ねじってくる。

たちまち、火の粉を全身にまぶされたみたいな快感がほとばしり、いやでも性器がびくんとしなった。

すぐさま、そこに長い指が巻きついて扱き上げてくる。勢いで射精してしまいそうだったが、きゅうっと根元を指で締められたと思ったら、あろうことかレオナルドはそこに顔を近づけ、くちびるを寄せてきた。

「だめ、っ、です、レオナルド様、待って、待って……ぁ……っ！」

じゅるっと強く肉茎を啜り上げられて、ああ、と背中をのけぞらせた。

何度もレオナルドに口淫させるなんていけない。自分がするのならともかく、レオナルドに口で愛してもらうなんてだめだ。

いますぐ止めなければと思っても、口輪は狂おしく締めつけてきて、じゅぽじゅぽと淫らな音を響かせる。

最初に熱を交わしたときから繰り返し繰り返し、いとおしげに咥えられてしまい、そのたび抵抗できずに果ててしまっていた。

「あっ、あっ、だめ、――いく、いく、でちゃ……っ、でる、から……っ顔、はなし、て……」

「ん」

じゅっ、じゅっ、と吸い上げる力が強くなり、双玉をつんつんと指先でつつかれ、転がされると一気に射精感が募っていく。

どうにか耐えたくてもむりで、アミリは泣きじゃくりながら両足のあいだに顔を埋《うず》めるレオナルドの髪をくしゃくしゃと指で乱しながら達した。

「ん――ん、っ……っ……く……っいく……っ……！」

どくどくっと身体の奥から噴き上げる精液をレオナルドはすこしもいとわずに口で受け止め、ごくりと喉を鳴らした。アミリが息を呑むあいだも、おいしそうな蜜を飲み干すかのようなレオナルドの舌遣いはことさら淫猥だ。

「だめ、飲んじゃ、だめ。いつも……僕の……なんか……」

「アミリの精液だから飲みたい。きみは私の花生みだろう？　こころにたったひとりと決めた花生みの涙も汗も精液も、すべて特別なんだ。叶うなら毎晩味わいたいが、それではきみを疲れさせてしまうからね。我慢しているんだが……触れるとだめだな。きみのこれはおいしい。――今夜はもっと味わいたい。もっと深いところできみを知りたい。いいだろうか」

乞うてくる声音に、いやだなんて言えるわけがない。アミリだって、この深い声と熱い指に焦がれているのだ。

鳶色の女性が何者なのか、いまはどうでもいい。こんなふうに熱っぽく愛してもらえるのは、絶対に自分だけだ。

「……僕も……知りたい」

「じゃあ、とびきり悦《よ》くしてあげる」

性器ばかりか、尻の狭間にもレオナルドが指を這わせてきたことでおののいたが、胸の奥に火が点いてしまったみたいで身体が疼く。

レオナルドを受け入れるなら、身体のいちばん深い場所で。

うっすらとは知っていたことだが、こうして実際に秘部を探られると全身が蕩けそうな快楽と、いまにも声を上げて泣きたいような羞恥が繰り返し襲いかかってくる。

狭いそこを指で広げられると、閉じていた肉洞が空気に触れてぞくぞくしてくる。

「っ、そこ、……っんん、ん」

「きみが怪我したらいけないから、これを使おう」

レオナルドが寝台脇にある小卓から、金色の蓋がかわいらしい瓶を取り上げる。

眠る前に数滴振り出す香油は身体にも使えるやさしい成分で、アミリも好んで使っていた。

香油を指にまとわりつかせてしっとりと潤し、レオナルドは慎重に中を探ってくる。

窄まりを指でこじ開けられ、そっと肉襞《ひだ》を擦られた。とっくに潤っていたそこを丁寧に押し開かれるのが未知なる快感を呼ぶようだ。

最初は指の感触が奇妙に思えたが、そのうちしっくりと孔に嵌《は》まり、うずうずと擦られるうちに最奥がじんじんしてくる。指では届かない場所まで疼くことにとまどい、無意識に腰を振った。

「っ、は……」

香油のぬめりも手伝ってぬちゅりと音を響かせるおのれの身体が恥ずかしいけれど、引き攣れるような甘い悦《よろこ》びがあとからあとからあふれてきて呻《うめ》いた。

それがわかるのだろう。レオナルドの長い指がぐしゅぐしゅと出たり挿ったりしながら中を広げ、ばらばらと動き始めたとたん、めまいがするような快感に呑み込まれた。

「あ、っ、ぁあ、う、ん……っレオナルド様、レオ――ナルドさま……っ」

「声が蕩けてきたね。ここがアミリのいいところだ」

上側のしこった場所をぐじゅりと指の腹で押されると、たまらなくいい。まるでやわらかく熟れた実を撫で転がすような仕草に、いくらでも痴態を見せてしまいそうだ。

隘路《あいろ》を開いていく指が抜けるたびに空虚感を覚え、どんどん声が伸びていく。

「ん――んんっ……な、んか、へん、な、かんじ、する……っそこ、ぁ、ぁ、や、っ、だめ、だめ、抜いちゃ、やだ……もっと……」

「もっと、なに？」

「もっと、して……ほし……っおく、奥、気持ちいい……っから……」

とぎれとぎれに呟くと身体を起こしたレオナルドが視線を絡めながら、衣服を脱ぎ落とす。鍛え抜いた広い胸は同じ男でも頼りがいがありそうで、思わず触りたくなる。

おずおずと指を伸ばしてぴんと張り詰めた肌に触れると、ひどく熱い。

大人の男なのだから、レオナルドは自分よりずっといろんなものを制御できるんじゃないかと考えていた。

だけど、いまはレオナルドも興奮しているらしい。離れていたときは焦れていた、というのも事実なのだろう。

みずみずしい皮膚に煽られたアミリは、夢中になって彼の胸を触りまくった。この衝動をいつも抑えられたためしがない。

「ふふ、くすぐったい。私の身体が好きなのかい？」

「ん……すき……ずっと触っていたい……僕とぜんぜん違う……」

「どんなところが？」

「胸がこんなに逞しくて……肩も広い。おなかも引き締まってて……」

声がか細くなったのは、濃い繁みを押し分けてぐんと昂る性器を目にしたからだ。いい加減慣れてもいいはずなのに、見るたびに鼓動が駆けてしまう。

レオナルドのものは根元から勢いよくそそり勃《た》ち、先端の卑猥な割れ目からとろりとした愛蜜をこぼしている。

こうしているあいだにも、ぷくんと玉のように浮かんだ蜜が糸を引いて太竿を垂れ落ちていき、喉がからからに渇いていく。

くびれに指を巻きつけて自らごしゅりと扱き上げるレオナルドの目遣いはいつになく淫靡《いんび》で、彼みたいな高貴な者でも強い情欲に振り回されるのだとわかると嬉しくなってしまう。

ほしがっているのは自分だけではない。レオナルドもそうだ。

「レオナルド様の……ここ、おっきい……」

「これがいまからきみの中に挿るんだ。いい？」

こくこくと頷いた。

彼に貫かれて泣いたら、その涙は薔薇の花びらになるかもしれない。

そうしたら、きっと喜んでもらえる。

身体もこころも、過去も未来もレオナルドのものになった最後に中で果ててもらえたら、ほんとうの意味で花嫁になれる。

恋人も夫婦すらも飛び越えた先にある、特別な花生みと花食みが到達できるブートニエールという最高の関係になってみたい。アミリにとっては、レオナルドだけがその相手だ。

長くて太い肉棒をゆったりと扱くレオナルドは香油でそこをさらに濡らし、「いい？」と目配せしてくる。

「つらかったら、すぐに言ってほしい。やめるから。アミリのいやなことはひとつもしたくない」

「は、い」

「……いい子だね。深く息を吸って、吐いて……そう、そうだ」

腰骨をしっかりと摑まれて、ぐうっと熱い肉竿に貫かれていく。

「ぁ……！」

熱い楔《くさび》で穿《うが》たれる衝撃は、一度も味わったことがないものだ。見事に張り出した亀頭で媚肉を抉られ、たっぷりとこそげ落とすような動きに一瞬言葉を失ったが、細く息をもらした瞬間、驚くほどの快感が全身を走り抜けていく。

「あ……っぁ――ぁ……っ……奥、とど、いちゃう……っ」

「そうだよ。私の身体はすべてきみのものだ。アミリに喜んでもらうために生まれてきたんだ」

うっすらと額に汗を滲ませたレオナルドは先を急がず、時間をかけて埋めてくる。

狭く、きつい肉輪を抜けてずんっと最奥に先端が擦りつけられたとき、苦しさと快感が頂点に達してアミリは軽くのけぞった。

「……いい……っ……っぁ……ぁ……」

「……感じる？」

奥までぴったりとねじ込んだレオナルドの掠れた声に涙目で頷き、腰をよじり立てた。

「おかしく、なる……こんなにいい、なんて……知らなかった……」

「うん、私もだ。アミリとひとつになれることをずっと夢見てきたけれど、……いますぐいってしまいたくなる」

「いい、です……よ……？」

「だめだよ。アミリをさんざんよがらせて泣かせて、いかせるのが私の使命だから。ねえ、わかるかい？　この身体の奥に私が放ったら、たった一度できみは孕む。私の子を」

「それが花嫁、ですよね、……してほしい、……おねがい……、僕の中で、出して……」

「おねだり上手だ」

　レオナルドは最奥に先端を擦りつけながらぐるりと腰を回す。そうすると、割れ目から滲むとろみが媚肉の隅々まで濡らすようで、とんでもなく淫らだ。

　ヌチュヌチュと身体の奥でふたりの蜜が混ざるのが、どうしようもなくいい。

　そのまま小刻みに出し挿《い》れされて潤んだ肉洞を抉られる。

「ん、っ、んっ、ぅ、ぁ、い、いいっ、レオナルドさま、もっと――もっとおく、ぐりぐりってして……」

「仰せのままに」

　ずくずくと突き上げられて声を上げ、必死にレオナルドにすがった。

　背中に爪を立てて強く引っかいたが、レオナルドは痛がるそぶりも見せない。

　すこしぐらい顔をしかめて叱ってくれればおとなしくできたかもしれないが、アミリを煽り立てるように顔中にキスを降らせてきて最奥を突きまくってくる。

巧みな腰遣いのレオナルドにしっかりと太腿を絡みつけて、引き絞った。淫らな律動にどうしたって蕩けてしまい、熱い涙がほろりとこめかみを伝って落ちていく。

涙はシーツに染み込む前に淡い花弁にふわりと姿を変え、揺らめくレオナルドを驚かせた。

「アミリ、花びらだ」

その声は低く掠れている。

涙が花びらに変わる瞬間を目の当たりにし、さしものレオナルドも動揺を隠せないらしい。

指でつまんで差し出されたのは、かわいらしいピンクの花びらだ。

花生みの涙は、かならずしも完成された花のかたちになるわけではない。

意識して薔薇の花びらを生むことはもっと難しい。

いまレオナルドが見せてくれているのは、マーガレットにも似た可憐な花びらの一枚だ。

やさしく指先で目元を擦られて、繋がっている喜びにさらに涙があふれてしまう。

ひとつふたつと涙がこぼれるたびに全身でレオナルドを求め、快感と苦しさに呑み込まれた。

どうして花の涙を流せるのか、花生みの身体の仕組みを医術的に解明した者はまだいない。

アミリにわかるのは、身体の奥深くに泉のような場所があり、涙はそこから湧き上がってくる、ということだ。絶望や孤独、痛みに耐えかねてあふれさせる涙は身をよじるほどに苦しいけれど、いまはすこし違う。

全身を縮こめて泣いていたのがつねだったが、レオナルドに貫かれて流す涙は、不思議なまでに解放感に満ちていた。

間違いなく全身で愛を感じているのに。どうして頬を伝う涙は薔薇じゃないんだろう。

次々に花びらに変わる涙をレオナルドが指先でやさしくつまみ、「とても綺麗だ」と微笑む。

「……でも……薔薇、じゃない……」

「だけどかわいい。アミリらしい可憐な花だ」

ぼうっと熱に浮かされたような面持ちで突き込んでくるレオナルドに追い詰められ、頭の中が真っ白になっていく。

アミリの丸い膝小僧を左右に大きく開いて身体をすべり込ませてくるレオナルドは、極太の雄の抽《ちゅう》挿《そう》をその目で確かめているかのようだ。

凛と整った容姿と激しい腰つきにギャップがあるのもいい。

「アミリ——アミリ」

「だ、め、も、……っおおねが、い、がまん、できない……っいき、たい……」

「わかった」

身体を伏せてきたレオナルドがアミリの細腰を掴み、打ち付けてくる。狂おしい絶頂感に呑み込まれて声を嗄らし、背中を弓なりに反らした。

ぼろぼろとこぼれる涙は、大小さまざまなピンクの花びらへと姿を変えていく。

薄く、透きとおる花弁が互いの身体の両脇を彩っていく光景に、レオナルドも目を瞠っていた。

「いく——……っいい……いく、いく……あぁ……っあ……っいっちゃう……っ！」

「アミリ……」

ぐぐっと嵌め込むレオナルドにいくつもの快感が身体中のそこかしこで弾け、指先まで火が灯《とも》りそうだ。何度も何度もうしろで達し、レオナルドの手にくるまれた肉茎からも甘蜜が散る。

奥歯を噛み締めたレオナルドが素早く腰を揺らめかせ、そのまま雄芯を抜いてアミリの下腹に白濁を放った。

どくどくとほとばしる精液の多さに目を瞠りながら、「どう、して」と涙をあふれさせる。

――中でいってくれると思ったのに。

臍《へそ》から脇腹を伝い落ちる温かな体液をいちばん深いところで感じたかった。

今度こそ、絶対に花嫁になれると思っていたのに。

ブートニエールとして、身体のどこに痣ができるのかと胸を疼かせていたのに。

「なんで……っなんで……っあ……っ中……」

達し続けているけれど、もっと潤してもらえると思っていたから力が抜けてしまう。

「僕の中……に……」

「いいんだよ、いまはまだ。私のものはアミリには多すぎてむりさせてしまう」

「花嫁にしてくれるんじゃ……なかったんですか……」

「はじめての交わりできみの中に放ってしまったら、つらいのはアミリだ。私を信じてほしい。きみを正式な花嫁にするために、こころの距離を推し量っているだけなんだ。……意気地がないと怒ってもいいんだが……これが最初の交わりなのに、いきなり私の子を孕んだら困るだろう？」

それでもいい、と言いたい。レオナルドの子ならいい。

身体のすべてを奪ってほしかった。こぼれるまでレオナルドの雄種を放ってほしかった。きっと、一度も味わったことのない卑猥な感触の虜になるはずだ。それはついさっきまで埋め込まれていた太竿の感触でわかる。

息を切らすアミリの腹に広がるふたりぶんの精液を指先で混ぜ合わせ、レオナルドは色っぽく笑いかけてきた。

「私は約束を守るよ。かならずね」

「いつ？　いつ……ですか」

「私がきみを欲する想いをちゃんとコントロールできるようになったら。きみの身体がもうすこし私の無茶に慣れてからでも遅くない」

そんな覚悟、とっくにできている。

想いを持て余しているのはアミリのほうで、レオナルドはずっと大人だ。

だから、いまも最後の最後で理性を働かせることができた。

——それに、涙も薔薇にならない。こんなにこのひとを想って身体も疼いているのに、薔薇を生めない。もしそれができたらこの国の繁栄を約束すると、皆に大見得を切れるのに。おかしくなるほどの孤独から救ってくれたレオナルド様を愛していると確信できるのに。

幾筋かこぼれる涙はすべて花びらに変わった。

どれもかわいらしい、名もない花ばかり。

昔、レオナルドと出会うきっかけになったのは、薔薇の花びらだ。長い戦を終わらせようとゴッドバルト王たちが凱旋《がいせん》する街は、熱く沸き立っていた。

しかし、アミリはどうしようもない孤独に苛まれていた。

戦はいつかきっと終わる――だけど、それはいつなのだろう。そのときまで自分はずっと寂しいままだろうか。

帰る場所はどこにもないという焦燥感にいつも駆られていた。言葉にできない苦悩に身をよじらせて涙をこぼし、それがたちまち薔薇の花びらに変わっていくのをあのときのアミリはぼんやり見つめていた。自分が薔薇の涙を流せるなんて、その瞬間になってもうまく呑み込めなかった。

深紅の花びらは夏風に乗って、パレードから離れていたレオナルドの目に留まったことで、いま、アミリは彼の胸の中にいる。

あの薔薇の涙を、ここで生むことができたら。

レオナルドを夢中にさせたい。そして、自分はとっておきの花生みなのだと信じたい。

もう一度抱いてもらえば今度こそ薔薇の涙を流せそうだったが、はじめての強い抱擁に身体はくたくただ。

「きみの世話は私がするから、今夜は任せなさい。私も、きみが生んでくれたかわいらしい花びらの海にもうすこし浸かっていたいんだ」

「でも……」

一国の王に情事の後始末を頼むなんて、あまりに不遜《ふそん》すぎる。だけど、惑うアミリの額にくちびるを押し当て、レオナルドはこのうえなくやさしく微笑むのだ。

「生涯、アミリのそばにいると誓うよ」

薔薇の花びらが生めないというむなしさを慰めてくれるかのような声に、アミリも目縁をゆるめ、頷いた。

「……僕にできることならなんでもします」

「私はそれ以上のことをするよ。きみだけに」

うっとりするような囁き声にアミリはなんとか微笑み、ゆっくりとまぶたを閉じた。

願いは叶ったけれど、どこか中途半端で寂しい。

薔薇の涙もろくに流せない花生みなんて、意味があるのだろうか。

6

どうしたら薔薇の涙を流せるのだろう。どうすれば、レオナルドはこの身体の中で達してくれるのだろう。

ほんとうにいつか、レオナルドのブートニエールになれるのだろうか。

憂えた表情をしながらも、アミリは城での毎日を励んだ。多くの学問、社交術に馬術、料理に裁縫、そして国政を学ぶこと。

時間はいくらあっても足りない。

自分になにができるのかと悩んでばかりではだめだということは、いままでの流れでよくわかっている。

それに、くよくよと落ち込み続けるのも自分らしくない。

よけいなことを考える暇があるぐらいなら馬の世話をし、本に没頭し、シャクの指示に従ってまな板や包丁と真剣に向き合い、鋭い針と糸にも目を凝らした。

おかげで、最近では外国語で書かれた本も読めるようになってきた。得意なレシピもできた。じっくりことこと野菜と肉を煮込んだスープを披露すると、『やっぱり、きみは料理の才能がある』とレオナルドもたいそう喜んでくれたものだ。

粗忽《そこつ》なところがあるアミリは、ちょっとした不注意で服の袖や裾を破いてしまうことがある。そのたび侍女の手をいちいち煩わせるのは申し訳ないと思っていたが、裁縫を熱心に学ぶうちにたいていの繕い物ならできるようになってきたのも、嬉しい。

『陛下の花嫁になるのも大事ですけど、これならひとりの大人として自立できそうですわね』

できのよさにシャクが大喜びし、国政について助言をくれるようになったデガートも吸収力の高いアミリにいかめしい顔を和らげることが増えた。

その証拠に、ある日の午後には『お茶を一緒にどうか』と誘ってくれたぐらいだ。しばしの憩いの時間はデガートの家族の話に聞き入り、無愛想な男がじつは愛妻家だということも知った。

本格的な秋を迎えるころの休日、アミリはレオナルドに、「街の祭りに行かないか」と誘われた。

「収穫祭が開かれるんだ。いろんな催し物があるし、露店も出る。いつも城にいるだけでは飽きるだろう。せっかくだから行こう」

「いいんですか？　行きたい」

もうそんな季節なのか。城にきてから時の流れが速くなった。

レオナルドが精鋭の護衛をつけずに街に出ることを、まずデガートが止めてきた。

「いけません。公務でもないのにいきなり陛下が現れたら、皆が動揺します。予定をあらためてください」

「そうなるとたくさんの護衛をつけていくことになるだろう？　となれば、アミリとふたりでぶらぶらする夢も叶わない。私の剣の腕前がどれほどのものか、デガートがいちばんよく知っているはずだ」

「それはそうですが……しかし危険です」

「騒ぎにならないよう、派手な行動は控える。それに、収穫祭が終わったら先王の国葬を執り行う予定だろう。同時に私の即位式もある。国民もすでに先王の死と、まだ至らぬ私が国を率いていくことを受け入れてくれている。芯の強い皆の顔をじかに見て、これからの支えとしたいんだ」

ただ息抜きがしたいというわけではなく、王としての願いが強くひそんでいることに胸が熱くなる。

「陛下は言い出したら聞きませんな」

盛大なため息をつき、デガートも最終的には渋々了承してくれた。アミリに、「早くお戻りになりますよう」と釘を刺して。

許しを得たレオナルドとアミリは喜んでともに馬に乗り、街へと繰り出すことにした。

非公式の訪問だからということでふたりして地味な色のマントを着けてフードを深くかぶったが、レオナルドの品のよさはそう簡単に隠せるものではない。

どこからどう見ても王侯貴族だなと微笑み、レオナルドの愛馬エランを駆って街へ下りた。中心地から離れたところにある大きな農家でエランを預かってもらい、そこから徒歩で向かうとだんだんと賑やかな音楽が近づいてくる。

通りの両側には多くの出店が並び、おいしそうな匂いを漂わせている。焼いた肉を串に刺したもの、新鮮な果物、甘い焼き菓子。

「どれか買おう。アミリはなにが食べたい？」

「じゃ、あの焼き菓子がいいです」

ひと口サイズの焼き菓子が三角形の筒に詰められているのがなんともおいしそうで、指さした。レオナルドが腰袋から銀貨を取り出して初老の女性店主に渡すと、笑顔で山盛りの焼き菓子が渡された。

「アミリ、口を開けてごらん」

「はい」

おとなしく口を開くと、焼き菓子をぽんと放り込まれた。ほくほくで中はしっとりしていて、甘い。

「すっごいおいしい……！」

「あらぁ、ありがとう。気に入ってもらえて嬉しいわ。これをどうぞ」

スタンプがひとつ捺《お》されたちいさな紙片を渡されて首を傾げると、「五つ集めるとくじが引けるのよ。試してちょうだい」と言われた。

「出店ならどこでもスタンプを捺してもらえるから。楽しんでってね」

「ありがとうございます」

女性は、アミリの隣にいるのが国王だとは気づいていないらしい。前国王の崩御はすでに皆の知るところだが、まさか現国王がろくな護衛もつけずにふらりと祭りに現れるとは思っていなかったようだ。

特徴のある蜂蜜色の髪はフードで隠れているし、空色の瞳もうまく陰っている。下手に騒がれないほうがいいだろうから、アミリは女性に頭を下げてレオナルドと店先を離れ、彼の手から焼き菓子をつまんで口許に運んでやった。

「あーんしてください」

「あーん」

一国の王が素直に口を開けて焼き菓子を頬張る姿は、こころが和む。

楽しげな声に釣られて横を見ると、大勢のこどもが群がるリング投げの出店がある。地面に置かれたピンにうまいことリングをかけると、賞品がもらえるようだ。

「あれやってみたいです」

「いいよ。ほら」

二枚の銅貨を受け取り、そのままこどもたちの相手をしている店主に渡した。

「はい、じゃあ三回だ。このリングをピンにかければ好きな色の風船をあげるよ」

狙い定めて、木製のリングをまず真ん中のピンめがけて放った。リングはピンをかすりもせず斜めにそれてしまう。

「あーだめだ」

「もう一回だ、アミリ。今度はこっちのピンを狙ってみて」

隣で応援してくれるレオナルドに頷き、次は手前のピンにリングを放り投げた。今度は先端に触れたが、やっぱり的外れだ。

「ね、レオ……ではなくて」

うかつに名前を呼んだら彼の素性がばれてしまう。くいくいと袖をつまんで引っ張った。

「あなたが最後のリングを投げてみません？」

「私が？　こういうのはあまり得意じゃないんだが」

レオナルドはまごついているが、最後のリングを受け取り、腰を低くして狙いを定める。何度か手を水平に伸ばしてピンとの距離を摑むと、ふっとひとつ息を吐いてリングを放った。

「……かかった！」

「よし！」

ピンの根元にしっかりとリングが嵌まり、店主が拍手する。

「お見事！　さあ、どの色の風船がいい？」

七色にふくらんだ風船を差し出され、アミリは空色を選んだ。ふわりと丸い風船はゆらゆら揺れて、こころが浮き立ってくる。

「あなたの瞳の色みたい。風船なんてはじめてもらいました」

「修道院にいたころお祭りには来なかったの？」

「何度かきました。お小遣いをもらっても、あとに残らないおなかがふくれるものを買ってばかりで。親友のラーディは焼きりんごが大好きで、ネッケはくるみを練り込んだ塩クッキーが好きでした。どっちもお祭りでしか食べられないんです」

「どこかにありそうだ。ああほら、あそこに焼きりんごのお店がある」

空色の風船をしっかりと握り締めながら、今度は焼きりんごを買った。甘くて香ばしい匂いが食欲をそそる。さっき焼き菓子を食べたばかりだが、まだまだおなかが空いていた。ひと口齧《かじ》り付くと、なんともいえない甘酸っぱさが鼻に抜ける。

「こんなにおいしいの食べたことない」

「では、私もひと口」

串に刺さった焼きりんごを頬張るレオナルドも楽しげで、芯からくつろいでいる。のどかな祭りの風景を嬉しそうに見つめる穏やかな視線が印象的だ。

「うん、いいね。こういうのは城では食べられない」

「今度、僕が作ってあげますよ」

「楽しみにしてる」

笑い合いながらほうぼうの店でスタンプを集めて五つ貯まったところで、ひときわ盛り上がる出店に近づくと、皆、楽しげにくじを引いている。箱の中にたくさん入っている紙切れの中から、赤い紙を引き当てればいいようだ。

「あなたが引いてください」

「きみだよ。アミリならいいものを当ててくれそうだ」

促され、スタンプの台紙を店番の女性に渡した。くじなんて、久しぶりだ。

「修道院の聖夜祭で五等の手帳が当たったぐらいです」

「この収穫祭はすごいよ。一等は牛だ」

思いきって箱の中に手を入れてかき回し、指先に触れた紙をつまみ上げた。オレンジの紙を見るなり、女性たちがわっと声を上げた。

「おめでとうございます！　三等のたまご三十個よ！」

「そんなに!?」

まさか三十個ももらえるなんて思っていなかったから、レオナルドと一緒に噴き出した。

「どうしよう。嬉しいけどどうやって持ち帰りましょうか」

「籠いっぱいにわらを敷き詰めてそっと持ち帰ろう。エランはいい子だからゆっくり歩いてくれる」

「ふふ、たまご料理をいっぱい作りますね」

笑顔で頷くと、店番の女性が大きな籠を手渡してくれた。

「今朝うちの鶏《とり》が産んだばかりのほかほかたまご。新鮮だからどう料理してもおいしいですよ」

「たいせつにいただきます」

白いたまごがぎっしり詰まった籠を受け取ろうとすると、レオナルドが手を出す。

「三十個もあったら重いだろう。持つよ」

「いいんですか？　でも……」

「いいから持たせて」

国王にたまごを運ばせるのは申し訳ない気がしたが、レオナルドはにこにこしている。ありがたく持ってもらうことにして、通りを戻ることにした。気づけば周囲は大勢のひとで賑わっていて、どこも混雑している。

もうすこし見ていきたいが、いつレオナルドの正体がばれるかそわそわしてしまう。

「……帰りましょうか？」

「そうだね。その前にもう一か所だけ寄っていこう。エランに乗ったら籠を預けてもいいかな？」

「もちろんです」

エランはおとなしく主人の帰りを待っていた。馬の鼻面をやさしく撫でるレオナルドが「ただいま、エラン」と声をかけ、通りへと連れ出す。先にアミリがエランの背に乗ってたまごの籠を抱え、そのうしろにレオナルドがひらりと乗る。

「さあエラン、もうちょっと歩こう」

手綱を握るレオナルドの指示に栗毛の馬がゆっくりと歩き出し、街から離れて草原を抜け、秋風が吹き抜ける懐かしい場所へと向かっていることに気づいたときは驚いた。

「レオナルド様、あの、この道って」

「うん、たまにはと思って。――見えてきた。きみの親友がいる場所だ」

視線の先に美しい塔が見えてくる。

想い出の修道院だ。突然の訪問に胸が高鳴り、背後のレオナルドを何度も振り返った。

「うそ……久しぶりだ、すごく久しぶり」

「私の城にきてからずっと戻ってないだろう。きみの友だちもきっと喜ぶ」

「ありがとうございます！　レオナルド様がいらっしゃることは伝えてるんですか？」

「いや、お忍びだ。私はシスターたちと話しているから、アミリはのんびりしておいで」

祭りだけではなく、修道院にも連れてきてくれるなんて。

「……僕、なにか心配させてましたか」

ふと問いかけると、レオナルドはにこりと笑う。

「花嫁修業にひたむきなアミリを見ているのも楽しいが、たまには息抜きしないと。ほら、着いた。いま下ろしてあげるから待っていて。たまごもすこし分けてあげなさい」

修道院の玄関脇でレオナルドは先に下り立ち、たまごの籠を受け取って手を差しのべてくる。その手をうやうやしく握り、愛馬の背から下りた。

ちょうど修道院の扉が開き、中からこどもたちが駆け出してくる。その中に親友の顔を見つけるなり、思わず走り出していた。

「ラーディ、ネッケ！」

「——アミリ！　アミリじゃないか、どうしたんだ！」

「なんでここに」

嬉しそうに飛びついてくるラーディとネッケにアミリも抱きつき、「久しぶり」と声を弾ませた。

「ほんとうに久しぶり！　元気そうだ。どうしてるんだろうってずっとラーディと話し合ってたんだ。会いたかったよ」

「お城じゃ、おいしいごはんを食べてるんだな？　ちょっと太ったぞ」

ラーディに頰を指でつつかれて笑ってしまう。そういうラーディもネッケも頰が薔薇色で、元気いっぱいだ。

「にしても、いきなりどうしたの？　お城から暇を言い渡されたの？」

「もう、ネッケったら。ラーディみたいなこと言わないでよ。……じつは、レオナルド様が連れてきてくれたんだ」

そっと背後を振り向けば、エランを大樹の陰に繋いだレオナルドが手を振っている。そこへシスターがやってきて、すこし慌てた様子で院内に招き入れた。

「すごいね、王様と一緒にきたんだ。どう、やさしくしてもらってる？」

「花嫁にはなれたか？」

「順番順番。とりあえず中に入れてよ。喉渇いた。あとこれ、お祭りのくじで当たったんだ」

「わ、たまご！　こんなにいっぱい」

「三十個あるから、二十個ここに置いてく。ふたりとも、たまご大好きだろ？　こどもたちにも食べさせてあげて」

「そっか、収穫祭に行ってたんだな。俺たちは明日行く予定なんだ」

ラーディが籠を受け取り、院内の慣れ親しんだ食堂に通してくれた。

久しぶりに訪れた食堂は温かな雰囲気で落ち着く。昔はもっと広い場所だと思っていたが、城での生活にすっかり馴染んだせいか、なにもかも手に届くような気がする。長いテーブルの端に座ると、ネッケが冷えた牛乳を運んでくれた。

「ありがとう。……ああ、これ久しぶり。お城ではいろんなものを口にしてるけど、やっぱりこの牛乳は最高においしい」

「だよね。毎朝、ここらでいちばんの雌牛の乳を買いに行くんだもん。ねえねえ、お城での生活を聞かせてよ。レオナルド様はどんな感じ？　にこにこしてるけど、戦を終わらせた王なんだからほんとはすっごく怖いって聞いたよ」

「不便なことはないか。いじめられたりしてないか？」

「レオナルド様はとてもおやさしいよ。厳しかったのは先代の王で、レオナルド様は平和の象徴みたいな方だと思う。不便なこともない。いじめられてもない。僕が裕福な家の子息でもなんでもない、ただの花生みでしかないって噂してたひともいたけど、最近はぜんぜん気にならない」

「アミリのことだから売られた喧嘩を片っ端から買ってるんじゃないのか？」

くくっと笑うラーディに、「そんなことない。ちゃんとしてるよ」とつんと顎を反らす。

「花嫁修業に専念してるうちに、外野の声は気にならなくなってきたんだよ。これはほんとう。時間はかかったし、これからもいろいろあるだろうけど。……なんかさ、料理も裁縫も、国についていろいろ学ぶのも楽しくて。僕、以前はただただレオナルド様の花嫁になりたくてしょうがなかった。でも、どうすればなれるのかわからなくて、あがいてたんだよ。夜のおつとめがうまくいけばいいんじゃないかって思ってたけど、それだけじゃないよねって思うようになって」

あけすけな言葉に、ネッケが真剣な顔で「うん」と頷く。

「この先どうすればいいか、まだはっきりとはわかってない。レオナルド様のお役に立ちたいからなんでもしようと思ってるけど」

修道院にいたころの自分とはもう違う。大人になっただろと胸を張ると、ラーディとネッケは微妙な顔つきだ。

「ずいぶんいい子じゃーん、アミリ」

おかしそうな口調のラーディに、ちょっとむっとした。

「なんか悪い？」

「べっつにー。でも、息苦しくないかなと思ってさ」

「そんなことは……」

「我慢は長続きしないぞ。素直に生きなきゃ。アミリがほんとうにやりたいことだけしろよ。なんでもかんでもレオナルド様中心にするんじゃなくて」

「ラーディ……」

「おまえがレオナルド様に夢中なのは知ってる。愛してるんだろ？　たったひとりの花食みのために身もこころも捧げるのは素敵だけど、操り人形はきっとレオナルド様も望んでないと思う。アミリは、俺やネッケと違ってわがままを素直に口にできる性格なんだから」

　ラーディこそ好き勝手なことを言う。

　こころからのわがままを言えていたら、いまごろこんなに悩んでいない。

　長年の親友には隠しごとはできないなとため息をつき、「そうだよ……」とくちびるを尖らせた。

「もっといろいろしてくれたらなって思ってるよ……」

「もっと？」

「いろいろ？」

「なんでもない。確かにラーディの言うとおり、ちょっといいふうに見せてるとは思う。そうしていかないと成長しないだろ？　いつまでもこどもっぽい願いを抱いていたら、本物の大人になれない」

「そういうのはアミリ以外のひとに任せたら？　そもそもレオナルド様に出会ったときのことを思い

出してみろって。アミリ、ひとりで泣いてたんだろ。以前の修道院が取り壊されることになったのに里親も決まらなくて、どうすればいいのかわからなくて不安で泣いてたところを、レオナルド様が声をかけてくれたって話じゃん」

「そうだよ。ついでに言うとそのとき以来、薔薇の涙は流せてない」

「俺たちだってそうだ。あれはほんとうの孤独を感じたときにしか生まれない特別なものだ」

「そう。それに愛も大事なんだって最近聞いた」

得意げに打ち明けてくれるネッケが、「酒場で仲よくなったおじさんが教えてくれた」と言い足す。

「そのおじさんは花食みで、奥さんが花生みなんだって。若いころ、奥さんがいろいろ大変だったときに知り合ったらしいんだ。結婚を申し込むときに、『なにがあってもふたりで乗り越えていこう』っておじさんがプロポーズしたら、感激した奥さんが薔薇の涙を流したって。孤独と愛を知ったからこそだよね」

「やっぱりそうなんだ……」

「花生みの生涯でも、かぞえるほどしか流せない涙だ。大事なのは、ふたりが出会ったときにアミリが気取らずにいられたってことだろ？　レオナルド様に声をかけられても格好つけることなく、ちゃんと泣けたってことが彼にとっても記憶に強く残ってるんじゃないかな。だから、アミリをずっと見守ってる。むりにいろいろしないのは、アミリを尊重してるからだよ」

「尊重？」

いつになく真剣な顔つきのラーディをじっと見つめた。

「花食みであるレオナルド様の欲だけを優先するなら、花生みはべつに誰でもいい。俺やネッケでもいいはずだろ？　いちいち機嫌を窺うこともしないで、自分の都合だけで勝手に振る舞ってもおかしくない。でも、王様はおまえだけをたいせつにしている。今日だってわざわざ収穫祭に連れ出してくれて、俺たちにも会わせてくれて、最高の王様で最高の恋人だよな」

恋人、という言葉が胸を疼かせる。

いままで花嫁――そしてブートニエールという立場ばかりに固執してきたが、その前の段階にある恋人という立場はもっと甘くて軽やかな気がする。

「恋人かぁ……なんかいいな。ふんわりしてて」

「アミリはイメージに弱いから」

「恋に恋しちゃってかわいいじゃん」

ネッケとラーディがそろって笑い、アミリもなんだかおかしくなってしまう。やっぱりこのふたりと出会えてよかった。話しやすさの根底には、確かな信頼がある。

三人で和んでいると、「アミリ」とそっとレオナルドが顔を出す。

「お忍びのつもりだったが、うまくいかなくて。シスターたち全員に挨拶していたらすっかり遅くなってしまった」

「いえ、僕もふたりと話してたから。ご存じかもしれませんが、あらためて紹介しますね。彼がラーディ、こっちはネッケ。僕の親友です」

紹介するなり、ラーディたちはぴしりと背筋を正し、満面の笑みを浮かべる。

「遠路はるばる、ご足労いただきましてまことに光栄です」

「こんなに近くでご挨拶できて嬉しいです」

かわるがわる挨拶するラーディやネッケとレオナルドは握手を交わす。

「うわ、もう俺、一生手洗わない。レオナルド様と握手したんだって自慢しちゃおう」

「僕も僕も。ねえラーディ、明日この手でくじを引いたら一等賞当てちゃうかも」

「だよな！　このまま寝よう」

さっきまですこし大人びたことを言っていたラーディだが、思いきりはしゃいでいるのが微笑ましい。浮かれる気持ちはよくわかる。なにせ、相手はこの国の王だ。

「いただいたたまご、大事に食べます。な、ネッケ。今夜みんなにたまご料理を振る舞おう」

「だね。王様、僕らの料理もなかなかのものですよ。アミリの手料理に飽きたら、ぜひぜひ遊びにいらしてくださいね」

「ありがとう。楽しみにしてるよ。ではアミリ、そろそろ帰ろうか」

「はい。あ、その前に中庭を見ていってもいいですか？」

「もちろん」

修道院にいたころ、中庭はアミリのお気に入りの場所だった。

花生みは生まれ持った特性もあって、草花と親しんでいる。

花生みがいる場所は木々も花々もよく育つと言われるが、アミリやネッケ、ラーディたちがいたこの修道院もそのとおりで、とくに中庭は四季折々の花が咲き乱れていた。

ラーディたちも一緒についてきた中庭は秋色に染まっていた。日に日に高くなる空に似合う透けた赤い花が風に揺れ、草木も色褪せ始めている。気を抜くとすぐ雑草だらけになる庭は、ラーディたちがまめに手入れをしているせいか、隅々まで綺麗だ。

「かわいらしい庭だ。ここはアミリが好きな場所かな？　私たちが出会った修道院の裏庭とちょっとだけ雰囲気が似ているね」

「ええ、懐かしいな。よくみんなで、ここでかくれんぼしました。晴れた日はあっちの隅で焚《た》き火をするんです」

「木の実を焼いて食べたよな。ほくほくしてうまいんだ」

「僕もあれ好き。アミリ、また近いうちに遊びにおいでよ。僕とラーディで木の実をいっぱい拾っておくよ」

「そのときはレオナルド様も一緒ですよ。慣れてないと焼けたばかりの木の実で火傷しちゃうんですよ」

「私はそういうのが得意だ。川魚を焼いて食べるのもおいしそうだね」

「あ、あ、それいいですね！　俺、釣り行きたい。誰がいちばん大きな魚を釣るか、今度競争しませんか？」

「いいね！　やろうやろう」

大喜びするラーディにみんなで盛り上がりながら、可憐な花を眺めた。

熟練の庭師たちが丹精込めて育てている城の庭には咲いていない、雑草とまでは言わない無垢《むく》な花たちにこころが凪いでいく。

――薔薇の涙を流したいけど、僕は生まれも育ちもこっちだよな。

さっき、ラーディからもらった『我慢は長続きしないぞ。素直に生きなきゃ』という言葉がやけに胸の中で輝いていた。

けっしてむりをしているつもりはないが、思いきり背伸びしてきた。城にきてからはどうすればレオナルドの花嫁になれるのかと必死に考え、多くのことを学び、吸収してきたつもりだ。

むろんそれはすばらしいことだと自分でも思うが、飽くなき追求の先の見えなさに途方に暮れていたのも事実だ。

「……こういう庭が私もほしいな」

ぽつりとした声に引かれて振り返ると、レオナルドはちいさな赤い花の群生をいとおしげに見つめている。その花は、アミリも昔から好きだ。

「これ、結構逞しいんですよ。すこしぐらい陽当たりが悪くても綺麗に咲きます。薔薇みたいな華やかさはないけど、育てやすくて愛らしくて、夏の終わりから冬の最初まで咲くので食卓に飾るのにちょうどいいんです」

「確かに。香りもそう強いわけではないからぴったりだろう。枕元に置くのもいいだろうね」

膝をついて花を指先でつついているレオナルドが、「いいね、とても落ち着く庭だ」と言う。

「朝な夕なにこういう庭でのんびりできたら気持ちいいだろうな」

「お城には立派な庭があるじゃないですか」

「そうだけど、あれは庭師たちが隅々まで手入れしているから、私が口を挟む隙はない。もっとこう、自分でも土いじりできるような庭があったらな……」

レオナルドがなにかをほしいと言うのもめずらしい。いつもしっかりとした大人の男で、個人的なわがままを口にしたことはなかったんじゃないだろうか。

お世辞で言っているのではなく、本心からの言葉だというのは、庭を見渡すうっとりとしたその視線を見ればわかる。

「いい感じの広さの庭があるにはあるんだが、時間がなくてなかなか触れないいんだ。触れたとしても、私自身庭造りにはまったく慣れてないからどうしていいかわからないし」

「じゃあ、この花をいくつか掘り返して持って帰りましょうか。シスターに相談してみます。レオナルド様の言うお城の庭に植えて、僕が面倒を見ますよ」

「……いいのか？　いやしかし、アミリの手を煩わせるのは」

「やらせてください」

レオナルドが求めるならなんでもしたい。この庭はアミリも幼いころから触れているから、手入れの方法はわかっている。

――レオナルド様の庭。僕たちだけの庭を造る。

考えれば考えるほど素敵な思いつきだ。

シスターの承諾を得たあと、ネッケが古いバケツをくれたので、そこに土と花を盛り入れる。花が新鮮なうちに帰城したほうがいいとラーディが言い添えてくれたことで、たまごが入った籠を抱えるレオナルドとともに彼らに挨拶した。

「また来るから。ふたりとも元気でね」

「アミリも。レオナルド様、お身体たいせつになさってください」

「今度はみんなで釣りに行こうな！」

声を張り上げるラーディの隣で大きく手を振るネッケにアミリも笑顔を返し、バケツを抱え直す。

おとなしく待っていたエランに乗り込み、表まで見送りにきてくれたラーディとネッケに肩の付け根が痛くなるほど手を振った。

「今日は楽しかった？」

「すっごく。レオナルド様は？　お忙しいのにすみません」

「私だって楽しかった。お祭りも久しぶりだったし、シスターたちともゆっくり話せて今後の慈善活動の方針が決まったよ」

ほがらかに言うレオナルドに頷き、一路城を目指す。

腕に抱えたバケツの中で揺れる可憐な赤い花を、どんなふうに植えようか。

城の庭は刈り込みが美しく正確無比だから、あえて素朴な造りにするのもいいかもしれない。

さまざまな方向に伸びゆくこのこころのように。

色もかたちも野趣に富んだ庭を造ることで、レオナルドの慰めになれば。

やっと自分らしい特別ななにかを見つけた気がして、胸が弾んでいた。

7

アミリとレオナルドのふたりだけの庭は、ひとがあまり寄りつかない城内の片隅にある。

ゴッドバルト王家が誇る整備された広大な庭とは打って変わって、狭く、木製のベンチとテーブルがあるきりだ。

収穫祭に出かけた翌日、アミリは意気揚々と小さな庭に出てみた。

侍従のセバスが「お好きにお使いください」と庭道具一式を貸してくれたことで、まず伸び放題の雑草を刈り取り、いい感じに整えたところで修道院から持ってきた赤い花を植え替える。

頑丈な野の花だから、数日もすれば根付くはずだ。

たっぷりと花の根元に水をやり、ベンチやテーブルも綺麗に拭き清めればちいさな憩いの場のできあがりだ。

自然な庭を見ているとなんだか嬉しくなる。

城にきて、はじめて得た達成感だ。

爪のあいだまで土まみれになって、服を汚して造り上げた庭はまだまだこれからだが、自分ひとりで励んだ素朴な喜びが胸を満たす。

「お茶でも飲もうかな」

秋の午後をここで過ごすのもおつなものだ。急いで城内に取って返し、熱いお茶の入ったポットとティーカップ、焼き菓子を持って庭に戻った。

ベンチに腰かけたとたん、「アミリ」と声が聞こえてきて慌てて振り向くと、城に通じる戸口からレオナルドが手を振っている。今日の執務が終わったようだ。

「部屋まで行ったらいなくて探した。セバスが、『きっと朝からずっと裏庭にいますよ』と教えてくれたのでね。お邪魔じゃないかな？」

「とんでもない。いまからお茶にしようと思ってたんですけど、一緒にいかがですか」

「いいね、いただこう。私も早めに仕事が終わったんだ」

「お疲れさまです」

急いで城内からもうひとつティーカップを持ってきて、隣に腰かける彼のためにお茶を注いで手渡した。

「うん、いい匂いだ……」

目を細めるレオナルドはお茶を口に含み、嬉しそうに庭を見回す。

「見違えるほど綺麗になったね。昨日まで草ぼうぼうだったのに」

「半日がんばったらなんとか。ほら、あそこに赤い花を植えました。もうすこし手を入れる必要がありますけど、もともと土がいい場所だから、きっと素敵な庭になります。陽当たりもそんなに悪くないかな」

「冬は建物の陰になって寒いんだよ。ここは基本的に雪が降る国ではないが、びっくりするほど冷え込む日もあるからね。ああでも、そうしたら、このへんに天幕を張ろうか。遠征の際に使う天幕なら大人ふたりぐらいは余裕で入れるし、暖を取ることもできる」

「わ、いいですねそれ。楽しそう。焚き火をしながら料理して、お茶を楽しみつつ冬の一日を楽しんで」

「身体が冷えたら城内に戻って風呂に入ろう。で、夜は暖かい寝台で眠るんだ」

「ふふ、いいとこ取りですね」

飾り気のない庭がすっかり気に入ったらしいレオナルドは大きく伸びをし、深く息を吸い込む。

「花生みは庭造りの才能があると聞いたことがあったけどほんとうだね。ここはアミリらしい場所だ。元気で逞しくて、かわいい。そして、とても綺麗だ」

花ひとつを植えただけなのに、最上級の褒め言葉に照れてしまう。

「こんなものでよかったら、もっとがんばります。レオナルド様の気晴らしの場所にしたいから。赤い花のほかに、もっとこうなったらいいなとかあります？　リクエストがあればお聞きしたいです」

「じゃ、毎日ちょっとだけでいいから寄らせてほしい。そう長居はしないから。ほしい道具はある？　きみが植えたい花はある？」

やさしい声の持ち主を視界の真ん中に置き、アミリはじっと見入った。

すこしずつ暮れていく澄んだ秋空を背景にして、レオナルドが微笑んでいる。

出会ったころよりお互いに大人になって、空の色も違う。強く光り輝いていた真っ青な夏空から、いまはさらに色づき、いくぶんか艶めかしさを兼ね備えた深みのある秋の空が大人のレオナルドにとてもよく似合う。

大空を従えて堂々としている彼は、まさに大国の主《あるじ》そのものだ。そのレオナルドの表情がいつになくくつろいでいることが、アミリを嬉しがらせた。

一国の命運を握る王が素朴な庭に遊びにきて安らぐというのなら、どんなことでもしたい。得意な方面で、才能を伸ばしてみたい――そう思う。

「レオナルド様、大好きです」

「え？」

「あなたが大好きです。ほんとうの恋愛の意味で。レオナルド様の花嫁にしてもらうために、さんざんじたばたしましたけど、……レオナルド様に喜んでもらうための庭造りをしていて、すごくしあわせだなって再確認したんです。土を掘り返したり、雑草を抜いたりしていたあいだ、ずっとあなたにこの庭を見てもらえたらなって思ってた……楽しかった」

恥じらうアミリに、レオナルドはまぶしそうな顔をする。

「シャクさんやデガートさんのように、もっとはっきりしたかたちで、レオナルド様のお役に立てたらいいんですが、いまは、この庭にこころを込めます」

焦る気持ちはいつもすこしある。

城に来る前も、きてからも、花嫁としてなにをすればいいかと試行錯誤してきた。

だけどいま考えれば、それはすべてレオナルドのためというより自分の願いを優先していたのではないだろうか。最高の花嫁になりたいとばかり考えてきたけれど、なんだかいつも空回りしていたように思う。

小さな庭で過ごしたいというレオナルドの想いに沿ったとき、自分でも考えていた以上に無心になれたことこそが答えになる気がする。

刈ったばかりの草のいい香りを吸い込み、「また明日もきてくださいね」とアミリは微笑んだ。

8

まめに世話した庭に、レオナルドは毎日のようにやってきた。

先代の王の国葬、そして自身の即位式と奔走し、心身ともにくたくただったのだろう。アミリとともにお茶を楽しむ日もあれば、ときどきひとりでぼうっとしていることもあるようだった。

一度だけ、宵闇《よいやみ》の庭を眺めているレオナルドを見かけたことがある。

声をかけようとしたものの、いつになくその背中がくつろいでいる気がして、そっとその場を立ち去った。

終始、ひとに囲まれているレオナルドだから、タイミングさえ合えばひとりで過ごしたいこともあるだろう。

一緒にいなくても、彼が落ち着く場所にしたい。

裏庭はレオナルドとアミリぐらいしか訪れないのも都合がよかった。城中のひとが集う表の庭に比べると格段に狭くて、時間帯によっては陽射しも十分ではないが、肥沃な土地なのはありがたい。

おかげで修道院から持ってきた赤い花は元気に根を下ろし、春になったらもっと多くの種を植えられそうだ。

すでにレオナルドの治世は認知されていたが、公に新しい王となることが発表されると民衆はいちように喜んだ。レオナルドなら、穏やかな世を招いてくれると皆信じているのだ。

その日も庭造りに精を出し、陽が傾いてきたことでアミリは土で汚れた手をはたきながら部屋に戻ろうとした。裏庭から回廊に出ると、「ねえねえ、陛下の花嫁だけど」と楽しげな声が聞こえてきたことで、はっと顔をこわばらせた。

「アミリ様のことでしょ？　最近はだいぶ馴染んできたじゃない。このままゴールインするのかしらね」

「それがおもしろい話聞いちゃって。ここだけの話よ。花生みの花嫁候補って——ほかにもいるんですって！」

「やだ、ほんと？」

好奇心剝き出しの声に、こころは意外と凪いでいた。

——レオナルド様は僕だけだと言ってくれた。噂なんかに踊らされるのは無意味だ。

深く息を吸い込み、慎重に話の先に耳を傾けた。

「それが結構大人の方らしいわ。私も噂を耳にしただけ。お姿も見てないのよ。でも、おふたりが庭で親密そうに顔を寄せて話していたところを、ほかの子が見てたの」

「陛下って確かに戦のさなかは恐れられていたようだけど、もともと愛情深い方でしょう。いまだってもう、アミリ様がいるんだし。そんな方が堂々と浮気するかしら」

不思議そうな声音に、意地悪な笑い声が重なる。その声は以前にも聞いたことがある。アミリのことを、仲間と一緒になって笑っていた侍女だ。

「アミリ様がおこちゃまだからじゃない？　花嫁候補の花生みと言っても一度も薔薇の涙を流していないようだから、この国の繁栄を約束してくれるわけでもなさそうね。夜のおつとめだってうまくいってるかどうか怪しいもんだわ」

おこちゃま、とからかわれて胸が重くなる。

ふたりがどんな夜を過ごしているか、ほんとうのところはレオナルドとアミリにしかわからないことだろうが、艶めいた雰囲気かどうかは周囲にも伝わるのだろう。

「その女性と陛下が夜の営みについて話しているのを耳にした子もいるらしいわ。きっとアミリ様の目を盗んで、もうおふたりは……」

「ねえ、その噂の女性、どんな方なの？　特徴は？　私もどこかで見かけるかしら」

「とても美しい鳶色の髪だそうよ」

今度こそ、息が止まりそうだった。

——鳶色の髪の女性。レオナルド様がイズアラーンとの交渉中にお城にきた方だ。

一度だけ会ったことがあるその女性は、ずっと滞在していたのではないようだ。「たまにきて、また街に戻っていくんですって。このへんに住んでいる感じではないようだから、街の宿に泊まってるのかもね」と片方の侍女が言えば、もうひとりが「通い妻みたいね」とくすくす笑った。

根も葉もない噂話に興じる声はおかしそうな響きを乗せ、遠ざかっていく。

柱の陰に身をひそめていたアミリは、侍女たちの気配が消えてしばらく経ってからやっと息を吐き出す。

――僕だって、一度しか会ってないんだし。

噂ごときでレオナルドを疑うのはさすがに失礼だ。自分が同じことをされたら、ひどくショックを受けるはずだ。

おのれを叱咤《しった》するけれど、嘲笑する声が頭の中で繰り返しよみがえる。

『夜のおつとめだってうまくいってるかどうか怪しいもんだわ』

悔しいけれど、確かにそのとおりだ。レオナルドはやさしく抱いてくれるけれど、まだ一度もアミリの中で果てていない。

かならず先にアミリをいかせてから雄芯を抜き、汗ばんだ肌の上にぱたぱたっと白濁を散らすだけに留めている。

――達してくれるのは嬉しい。でも、どうせなら僕の中で……。そこまでの魅力が僕にはないんだろうか。

そんなふうに考えて、また落ち込んだ。

レオナルドを疑っているのだろうか。子種を注いでもらっていないから、もしかしたら彼も自分に満足していないのではないかなんて、それこそこどもっぽい考えだと思う。

だからこそ、つらい。

愛し合ったとき、アミリは我慢できない。ぎりぎりまで耐えようとしても、最終的にはレオナルドの巧みな愛撫に陥落してしまう。彼だけの息遣い、目遣いにやられてしまう。そこに経験差や年の差を感じて、臆してしまうのが情けなかった。

信じきればいいのに、他愛ない噂話で揺らされるのが悔しい。

茫然自失《ぼうぜんじしつ》の状態で風呂に入り、芯から温まったけれど、こころは冷え冷えとしたままだ。

いっそ、闇に紛れてレオナルドの部屋に押しかけてみようか。いや、もう夜も遅い。こんな時間に忍んでいったらやさしい彼のことだ。いくらでもアミリの話を聞いてくれて、なだめてくれるだろう。ことによっては、抱いてくれるかもしれない——と考え、わがままも過ぎると嘆息した。

感情的になりやすい性格を昔のレオナルドはおもしろがってくれたかもしれないが、何年経っても同じだったら呆れてもおかしくない。

成長していないな、と。

最初は未来の花嫁のつもりで抱いてくれていたけれど、つたない対応にだんだんと嫌気がさしてきたんじゃないか、だから中に放たないのかと怖い想像ばかり浮かぶ。

もしそうなら、アミリ以外にべつの相手を求めているという噂もあながち嘘だとは思えない。

いつもは気が強いくせに、ささいな言葉でくよくよしてしまうのは幼いころからだ。

寝台にもぐり込み、アミリは頭まで毛布をかぶった。

眠っているあいだに、誰も文句を言わない、望みどおりの大人になれたらいいのに。

「陛下が浮気しているかもですって？　アミリ様もそういう冗談を口になさるようになりましたのね」

「笑いごとじゃなくて」

むっつりとするアミリにシャクはくすくす笑い、「だって」と肩をすくめる。

「あの誠実な陛下のどこをどう見たら、浮気できる余裕がある方だと思いますの？」

「……わかんないけど……僕がいつまでもこどもだから、レオナルド様もきっと満足してないんだろうなって」

「ご冗談を。ずっと前から陛下はアミリ様のことしか見えていませんわ。誰かに意地悪されたんですか」

大人の女性らしい余裕ある微笑みに、アミリは繕っていた服に視線を落とす。昨日聞いた噂はひと晩経ってもまだ鮮やかで、ぼんやりしていたら朝の散歩でうっかりズボンの裾を破いてしまった。おかげで今日の午後の花嫁修業は、繕い物から始まった。

こういうことはしょっちゅうあり、そのたびにそっかしいなと恥ずかしかったが、いまはただただ落ち込む。

落ち着きのない振る舞いも、こどもだからじゃないだろうか。

「元気な証拠です。アミリ様は確かにまだお若いですけど、それは誰もが知っていることで、特別気に病むことではないんですのよ。陛下にからかわれたわけではないでしょう？」

「そうですけど。でも、こころの中ではそう思っていても、やさしい方だから口にはしないと思う」

「好きな方を疑うなんてアミリ様らしくないですわ」

おかしそうに、だけどたしなめるように言われてちょっと顔を引き締めた。

「僕らしくない……僕らしさって、なんですか？　シャクさんから見て、僕にいいところってありますか？」

シャクが破顔する。生き生きと美しくて、ときどき近寄りがたく見える顔が一気に親しみを増すようだ。

「そのまっすぐさがアミリ様の美点です。ほかの誰にもない、あなたらしい、あなただけが持つ素直さを私もこころから愛していますわ」

「シャクさん……」

「私以上に、陛下はもっと真剣にアミリ様のことを考えているはず」

「だったら……あの、夜のおつとめで……その……最後に僕の中で達してくれないのってどうしてだと思います？」

「え？」

「レオナルド様、絶対に中には……あの、すみません、はしたなすぎて。でも……それってやっぱり、僕自身に溺《おぼ》れられないから冷静になってしまうってことじゃないですか？　ほかのひととしたことがないから、よけいにわからなくて」

「アミリ様ったらもう」

肩を震わせていたシャクが我慢できずに噴き出す。

「なにを言うのかと思ったら。それ、陛下に聞いてみたことはおあり？」

「ありません」

「あの方はアミリ様より年上ですわね。若くてかわいい恋人の前では格好つけたいところだってたくさんありますわよ」

「レオナルド様が？　……そんなことします？」

「こういう言い方はいやですけれど、陛下にも見栄っ張りなところがありますわ。それがなかったら王にはなれていません。適切な意地を張るということは、国を守るうえでもとても大事なこと。プライドのない国は衰退していきますわ」

含蓄のあるシャクの言葉に考え込んだ。

彼女の言うことにも一理ある。

すこしだけ国政を学んだ中で、意地を捨てた国が結果的に戦争に走ったり、貧しくなったりすることを知った。ゴッドバルト王国と戦い、最後には敗北を喫した北のイズアラーンがそうだ。

「王としてプライドを大事にする陛下だからこそ、アミリ様の正直さは胸を打つのだと私、思います。真実をいいふうに飾り立てたり隠したりすることは誰にでもできますけど、きちんと明かしてみせるひとはすくないものですよ。真っ向から陛下に聞いてみては？」

「うん……」

「アミリ様から聞くのが怖いなら、私が伺ってみましょうか。苦笑されてしまうでしょうけどね」

「……僕が聞いてみます。浮気のことも含めて僕との夜の時間に満足しているかどうか確認してみます。実際に口にするとほんとバカみたいですけど」

「それが恋というものです。うふふ、若かりしころを思い出しますわ。私も口下手な片想いを続けていて、彼に告白するまでは時間がかかりました。でも、彼もずっと私のことが好きだったんですって。いまでは城いちばんの熱々夫婦ですわよ」

「もうじき赤ちゃんも生まれますもんね」

出会ったときはまったくそんなふうに見えなかったシャクだが、夏以降、日に日におなかが大きくなり、明日にも産まれそうだ。

「はじめての赤ちゃん、楽しみですね。男の子かな、女の子かな。どっちもかわいいだろうな」

「それが女の子なんですって！　つい昨日、レオナルド様が教えてくださいましたわ。私に隠れて、国いちばんと名高い占星術師を呼び寄せたらしくて。星の流れから、私の子の性別と、よい名前の候補を伝えてくださいました。名前の候補は三つあって、どれにするか迷ってるんですけど、生まれた瞬間に決めますわ。アミリ様にもお教えしますわね」

「ぜひ！　シャクさんに似て絶対元気でかわいいですよね。占星術師かあ……僕、会ったことないです」

「私も残念ながら、お祭りのときでも手相や星占いをしてもらったことがないんですの。その占星術師は普段、山の中にこもっていて、めったにひとと会わないんだそうです。でも、今回、『きみの子が生まれるから』とわざわざ陛下が呼び寄せたんだそうですの」

「レオナルド様はシャクさんを信頼してますから」

大きく頷き、アミリはふっくらとしたシャクのおなかを見つめて口許をほころばせた。

「僕もいつか……こどもできるかな。僕ね、両親の顔を知らないから、自分の家族を作るのがずっと夢だったんです。愛するレオナルド様とのこども、できるかな」

「できますとも。私が保証します。アミリ様はとても誠実で素敵な方。陛下が誰よりも大事にしていることは周囲の者にも伝わっています。どうかつまらない噂など気にしないで、ご自分の想いをたいせつになさって」

「ありがとうございます。変な話聞かせてすみません」

「最近、恋愛話とも縁遠くなっていたので楽しかったですわ。ああ、アミリ様と陛下が一日も早くご結婚すればよいのに。そうしたら、お姉さんぶって新婚家庭にまつわるアドバイスをたくさんします」

気のいいシャクとのひとときを過ごしたあとは裏庭に行き、いつものように手入れをする。

まもなく、冬が訪れる。

大陸の南西に位置するゴッドバルト王国だが、この季節は毎日冷え込む。春や夏に比べたら陽射しもすくないし、どうかすると雪がちらつく日もあるぐらいだ。

アミリはいままでに三回しか雪を見たことがない。

積もるほどではなく、薄暗い空からちらちらと降る小さな雪にラーディやネッケたちとはしゃいだものだ。手のひらに触れたとたん、かすかな冷たさだけを残してかき消えてしまう雪は清らかで、どことなく神聖にも思える。雨ともまた違う、天からの贈り物のようだ。

今年、雪が降ったらいいのに。

せっかくこの城に来られたのだ。レオナルドと親しくなれた記念に真っ白な雪が降ってほしい。

冷たい空気の中で庭の手入れを終え、身体を震わせながら駆け足で自室に戻った。この季節はとくにお風呂がありがたい。芯から温まるあいだ、シャクとのやり取りをぼんやりと思い出す。

『真っ向から陛下に聞いてみては？』

正直な想いを口にしたら、レオナルドはどう思うだろう。驚くだろうか。笑うだろうか。

シャクが言うとおり、つたないこの正直さを気に入ってくれているなら、体当たりするのもひとつの手だ。

しっとりと濡れた髪をふかふかのタオルで拭いながら、カーテンを指先でかき分けて真っ暗な外を眺めた。

もうレオナルドは眠ってしまっただろう。いまから部屋を訪ねたら驚かせてしまうに違いない。明日もあるのだし、ちょっと話してキスしてもらったらそれだけでいいのだが。

会いたい。声が聞きたい。

一度考え始めると止まらなくなる。衝動的な性格はこういうときに困ってしまう。猪突猛進《ちょとつもうしん》なおのれを止めたい反面、うずうずするのだ。

だったら、すこしだけ。ひと目だけ会いたい。

「おやすみなさいって伝えるだけ」

手早く着替えて部屋を飛び出し、暗い城内を駆けていった。風呂で温まったばかりの爪先がたちまち冷えていく。夜の城はどこも静まり返っていて、昼の賑やかさが嘘のようだ。

どこよりも立派な扉の前に立ち、ゆっくりと拳で叩く。

中からはなにも聞こえてこない。

レオナルドはとっくに夢の世界か。はたまた外に遊びに出ているとか。

彼を疑うなんてしたくないけれど、やっぱりあの噂を耳にしてしまってからどこか不安みたいだ。

もう一度低くノックし、諦めて帰ろうときびすを返した矢先に、「——アミリ？」と声が聞こえてきた。

慌てて振り向くと、扉が細く開き、眠そうなレオナルドが顔をのぞかせている。

「どうしたの、寒いのに」

遅い時間なのに、と言わないところがレオナルドらしい。けっしてアミリを責めない。

「あの、すみません、もうお休みになってらっしゃるならまた明日にでも」

「目が覚めたから気にしないで。中に入りなさい」

どうしようと迷ったけれど、うなじを撫でる冷えた空気に身体を震わせ、室内に駆け込んだ。扉一枚で隔てられているだけなのに、レオナルドの部屋は暖かい。

「火の前においで。足先が冷たいだろう」

手を摑まれ、暖炉の前に連れていかれた。静かに爆《は》ぜる薪の音にほっとしてカウチに腰かけると、厚めのガウンを羽織ったレオナルドが隣に座る。それからアミリの片足を摑んで自分の膝に乗せ、部屋履きを外して両手で包み込む。

「こんなに冷えて。お風呂のあとだろう。髪がまだ湿っている。風邪を引いてしまうよ」

「靴下ぐらい履けばよかったですね。暖炉で暖めるから大丈夫ですよ」

「こういうのは私の役目だから。アミリを暖めるのが私の使命だ」

アミリの両足を手のひらで包み込んでくるレオナルド自身が、温もりそのものだ。

「レオナルド様の手、大きくてあったかい……気持ちいい……」

そうやって甘やかすから、ついつい正直なことばかり口にしてしまうのだ。

思わず本音をこぼすと、レオナルドはおかしそうに肩を揺らす。

「アミリを甘やかすのは私の人生の目標だからね。誰かに役目を代わってほしいと言われても、固くお断りする」

「僕はなにをお返しすればいいんですか？　この身体以外、なにも持ってませんよ」

「それだけで十分だよ。なにか私と話したいことがあったのかな？　なんでも言ってごらん」

「あの……あなたと親しげに話している女性を何度か見かけたって侍女さんが話していたのを、偶然耳にしてしまって。その方、前にもお城にいらしてたことがあります。僕も一度だけ会ったことがあります」

一気に話した。

アミリの足の爪先をさするレオナルドはきょとんとしていた。

「すみません、こんな話突然。でも、でも気になって」

「その女性の特徴は？」

「鳶色の……髪の女性。それに、どうして僕の中で達してくれないのかってこともずっと気になっていて」

レオナルドが黙り込む。やはり、口にしてはいけない話題だったかと慌てて顔を上げるのと同時に、レオナルドが噴き出す。

「レオナルド、様？」

今度はアミリが目を丸くする番だ。

「いや、いままで不安にさせていたんだね。もっと前に私が話せばよかったな。その女性は、確かにとある用向きで三度ほど、城にきてもらっている。占星術師として」

「占星術……え、え？　それってまさか、シャクさんの子のための……」

「そう、男の子か女の子か、はたまたどんな名前がいいかと教えてもらうために。しかし、それはあくまでも表向きの用だ。ほんとうは……私の運勢を見てもらっていたんだ」

恥ずかしそうなレオナルドの耳の先が赤い。

「国の行く末はもちろん、きみとの未来を……いやはっきり言おう。アミリをいつ自分のものにしていいか、最後まで抱いていい日はいつか、占星術師に教えてもらっていた」

「……あの……」

「きみが考えるより、私はずっと幼稚だ。一生に一度の恋を大事にしたいんだ」

どこか開き直るレオナルドを見つめていたら、なんだかおかしくなってきた。

占星術師に指南してもらっていたなんて、ちらっとも想像していなかった。

鳶色の髪のひとは山から下りて、恋に悩む王に助言を与えていただけだと知ると、笑い声があぶくのように次々におなかの底から浮かび上がってくる。

「そんなの、ぜんぜんわからなかった。レオナルド様がそんなことで悩んでるなんて」

一度笑い出してしまったら止まらない。両手で顔を覆ってくすくすと声をもらすアミリに、レオナルドも釣られて目尻を蕩かしている。こういうところが、ほんとうにいいひとだ。

「言ってくれたらよかったのに」

「きみには格好つけたかったんだよ、すこしでも。まあ、こんなふうに明かしてしまったら元も子もないが。占星術師はしばらく街の宿に滞在しながら城に通ってくれていたが、私が聞きたいことはぜんぶ聞き終えたのでね、昨日山に帰っていった。才能のある占星術師で、花生みでもある彼女は、普段はひとりで山の深いところで力を蓄えているそうだ。鳶色の髪はめずらしくて綺麗だろう？　街にいると、いろいろと大変だそうだよ」

「わかる気がします。ほんとに美しいひとでしたもんね。シャクさんの子が女の子だって僕も教えてもらえたし、名前が聞けるのも楽しみです。僕とのことですけど、……最後までしていい日って、いつごろですか？」

レオナルドは喉奥で笑い、アミリの爪先を持ち上げて軽くくちづけた。

「明日の夜だ」

「え、じゃ、今夜は帰ります」

「だめだよ。星のお告げがそうだとしても、私はいま、アミリと一緒にいたい。今夜、このまま艶めいた時間に身を浸してもいいと思っている。占いはあくまでも指針のひとつだ。私の人生は、私とアミリが決めていく」

「いい、んですか？　せっかく占星術師さんに聞いたのに」

「どんな道を歩もうとも、きみとはかならずしあわせになれるってお墨付きをいただいたから心配してないよ」

甘やかに輝く瞳に、息を呑んだ。

ここで固辞するほど、自分は控えめな人間じゃない。もっと謙虚なほうが愛されやすいだろうかと一瞬考えるけれど、目の前で嬉しそうに目尻をゆるめるレオナルドを見ていたらこころが決まった。

弾みをつけて飛びつくと、レオナルドは両腕を広げて受け止めてくれる。

「アミリ」

「僕も異論ありません」

「……いいの？　ほんとうに？」

「もちろんです。できます」

色気もへったくれもない宣言とともに、くちびるを強くぶつけた。

あまりの勢いにがちっと歯がぶつかってしまうのが恥ずかしいけれど、できるだけ甘く息を吐いてレオナルドのくちびるを吸うと、指先を食い込ませた逞しい肩がびくりと跳ねる。

舌をどう動かせばいいんだっけとか、どのタイミングで息を吸い込めばいいんだっけとか、頭の中は次の展開を考えるのでいっぱいいっぱいで、感じる余裕もない。

それが伝わったのか、レオナルドがぐっと腰を摑んできて舌を搦《から》め捕ってくる。

「ん……」

自分でするのとはぜんぜん違う深いキスに、あっという間に酩酊していく。

「だ、め……僕がする……」

「なにをしてくれるんだい」

「……きもちい、こと」

さんざん舌を淫らに吸われて視界まで潤むが、せっかく誘ったのだからやり遂げたい。勇気を出して視線を絡めながら彼の指先を摑み、先端を舌で舐め取っていく。ちろりとのぞく舌先にレオナルドは端整な目を細め、息を詰めている。欲情を堪えている感じが大人の彼らしくなくて、すごくいい。

人生でたったひとり愛する花食みの体液がぜんぶほしい。

——僕だって。

もっともっと。

もっと迫って、色気を身につけてレオナルドを振り回したい。

おずおずとくちづけながら彼の逞しくなり始めた下肢に手を下ろしたときだ。

誰かが扉を叩いている。

はっと戸口を振り返り、すぐにふたりして顔を見合わせた。

「誰、でしょう……」

「しー。黙っていればもう眠ったと思うかもしれない」

くちびるの前に指を立てるレオナルドに思わず噴き出しそうだが、この時間を逃したくないのはアミリも一緒だ。

息をひそめて抱き合っていたが、ノックは続く。二度、三度。四度めになったときにアミリのほうが降参して、「出ましょう。誰かが急ぎの用できたのかもしれないし」と言って身体を離す。それでレオナルドも「仕方ないな」とため息をついて立ち上がった。

「まったく、王とその花嫁の甘い語らいを邪魔するなんて罪が重いぞ――どうしたんだ、こんな夜更けに」

レオナルドが扉を開いた先に立っていたのは、宰相のデガートだ。いかめしい顔でちらっと室内の様子を窺い、「アミリ様がいらしていましたか」と肩をすくめた。

「では、朝になるのを待ちましょう」

「なにかあったのか？」

「北方のイズアラーンより急使が参りまして、陛下にお伝えしたいことがあると」

「イズアラーンが？　きな臭い雰囲気か」

「そうではないようです。急使も本来は朝になってから城を訪ねるつもりだったようですが、馬を急がせたら予想以上に早く着いてしまったとのこと。長旅で疲れているようですから、いったん休ませて、朝になったらお会いになるのはいかがでしょうか」

「そうだな……」

腕組みしたレオナルドは考え込んでいる。

「再び戦を始めるつもりではないのだな」

「ええ。急使も険しい顔をしておりません。私も話して参りましたが、ただただ、ゴッドバルト城に着いて安堵しているようです。『時間の配分を間違えて、こんな夜更けに訪ねて申し訳ない』と何度も謝罪しておりました」

「その様子ならさらなる戦いが繰り広げられるわけではなさそうか……わかった。丁重にもてなし、明朝会うと伝えてくれ」

「かしこまりました。失礼いたします」

デガートが深く頭を下げたとき、ちらっとアミリと目が合い、すこしおかしそうな顔をした。

こんな真夜中にアミリがなぜ王の私室にいるのか、その理由にとうに気づいているのだろう。

しかし、それを咎《とが》めることもなく、デガートは立ち去った。

「すまないね。落ち着かなくて」

静けさを取り戻した部屋で、レオナルドが苦笑する。

アミリもなんだか気が抜けてしまい、笑い出した。デガートが来なければあのまま色っぽい時間になだれ込んでいたはずだが、こういうこともある。

そもそも、深夜に忍んできたのはアミリなのだし。

非礼を詫びて自室に戻ろうとすると、レオナルドが腕を摑んで引き留めてきた。

「もしよかったら、ふたりで一緒に眠ろう。手を繫いで」

レオナルドとおとなしく眠るなんて一度もやったことはないが、ただ手を繫いで身体を擦り寄せてみたかった。いま、このときは。

「お邪魔してもいいですか？」

「もちろんだとも。朝になったらキスで起こしてあげる。占星術師が明日の夜、と言ったことはどうやらほんとうになりそうだね」

「ですね」

こうなることも、占星術師にはお見とおしだったのかもしれない。

アミリは顔をほころばせ、差し出された大きな手を摑んだ。

9

「夜更けに訪問した非礼、あらためてお詫びいたします」

「気にしないでくれ。ゆっくり眠れただろうか。食事は？」

「十分すぎるもてなしを受けました。深く感謝しております」

翌朝の謁見の間にはアミリも連れられて、イズアラーンの急使と言葉を交わすレオナルドを見守った。

気品ある横顔は、さすが国王だ。対する急使は黒髪に黒い服を身に着け、控えめな態度だ。

これが、我執に満ちたイズアラーンの者なのかと思うと不思議だ。すこしもそんなふうには見えない——と考えるのは早計だろうか。

「王より文《ふみ》を預かっております。こちらを」

レオナルドに両手で細く巻いた文を差し出し、急使は深く頭を下げた。深い青のリボンでまとめられた文を開いて視線を落とし、レオナルドが息を呑む。

「王太后が逝去されたのか……」

「はい。一週間前に。戦争中から病を患っておりましたし、すでにご高齢でもありましたから、国葬は、王太后のご遺志を尊重してささやかなものとして終えております」

「そして三日前、現王妃が御子を身ごもったとわかったのだな。なにかの巡り合わせだろうか……」

「貴国との戦いが終わってから一年、現王にもようやく神が微笑んでくれたようです。今後はよりいっそう、イズアラーンの復興と、貴国をはじめとしたバルデア大陸との絆を深めることを決意されました。王太后の平和を願うこころを守り、御子のための未来をよきものにするために、まずはゴッドバルト王国に詫びたいと申しております」

「アミリたち花生みが平和を呼んでくれたんだ。感謝しなければな」

「いえ、僕はなにも——イズアラーンのひとびとがすばらしいだけです」

恐縮すると、急使はアミリを見て目元をほころばせた。

「あなたが噂のアミリ様ですね。イズアラーンのために、花の苗を送ってくださったでしょう。荒れた北の大地であなたの花は逞しく元気に咲き、私たちの目を楽しませるだけではなく、おなかも満たしてくれます。現王も、あらためて感謝をお伝えしたいと申しておりました。あの花を、私たちは『アミリ』と名付けたんですよ」

「聞いたかい、アミリ。きみのしたことが世の中でもっとも尊い」

手放しの褒め言葉に身体が熱くなる。

視界がじわりと潤むほど、嬉しかった。

花生みとして、アミリとして、やっとほんとうに役に立てた気がする。

「我らが花食みだけではなく、人間は、花生みの存在がなければとうてい生きていけない。国を動かす力とはまったく違う、ひとを愛する強さを花生みは教えてくれるんだ。もともと闘争本能が激しい花食みだけに主導権をゆだねていたら、争いばかりですぐに世界は終わってしまう。罵声ではなく、血でもなく、ひとびとが欲するのは花と命だと私はきみに出会った瞬間にわかったよ」

近づいてきたレオナルドに肩をやさしく摑まれ、すこしのあいだ、ぼうっと彼の顔を見つめた。

自分は確かに花生みだけれど、こどもをもうけ、イズアラーンにしあわせをもたらしたひとたちとは違う——そう言い募ることもできたが、なんだか胸の底がじんわりと温かい。

花生みはそもそもの数がすくない。花の涙を流すという特殊な身体だけにつくりが繊細なのだろう。ひとによっては奇異な目を向けてくることもある花生みに生まれ、得をしたという思いはほとんどなかった。

だが、いま、花生みでよかったとこころから思える。

非力でも——前向きさしか取り柄がないと思っていた自分でも、誰かの役に立てるのだ。

「おめでとうございます。花生みのひとりとして、とても嬉しいです」

「あらためて、戦の詫びと新しい太平の世を築く誓いを立てるために、現王はゴッドバルト王国を訪問したいと申しております。この文は、まずその前に誠実なこころの証としてお渡しできれば、とのことです」

「ありがとう、嬉しいよ。平和を求める想いは私も同じだ。返事を書くからすこし待っていてくれ。王太后にはこころから哀悼の意を表する。御子については、これ以上おめでたい話もない」

「ありがたきお言葉」

一礼する急使をデガートが別室に案内することになり、レオナルドは嬉しそうな顔を向けてきた。

「こんな知らせを聞けるなんてね。薔薇の涙を流さなくても、きみはこの国にすばらしい平穏を授けてくれたよ。ほんとうにありがとう」

「僕はなにも。花の苗を譲るのだってたいした案ではないです。……でも、お話を聞かせてもらえて安心しました」

「きみはかけがえのない存在だ。そのこと、わかってる？」

「もっとわかりたいって言ったらどうしますか」

「では、早いところ一日の仕事を終えて、きみを部屋に誘おう」

「だったら、僕の部屋にいらしてください」

「占星術師のお告げには従わなければね」

いたずらっぽい目つきのレオナルドを見上げ、アミリは破顔一笑した。

10

夜の帳《とばり》が落ちて城内がすっかり静まるころ、レオナルドはやってきた。

今夜はお茶ではなく、果実酒を杯に注いで手渡す。しんしんと冷える冬の夜だけに、暖炉を火かき棒でかき回す。

その前に置かれたソファにふたりで腰かけ、ゆらりと燃え立つ炎に見入った。

とくに言葉を交わすことはない。けれど、気まずさはなくて、触れ合う肩先から染み込む温もりが心地好い。

「……昨夜から今日にかけて、なんだか不思議だったね」

「ほんとうに。まさか、イズアラーンとの関係性がこんなにもよくなるなんて、神様も考えてなかったのでは？　ひょっとしたら、鳶色の髪の占星術師は知ってたかもしれませんけど」

冗談めかして笑うと、レオナルドも笑う。

「そうだね。アミリといま、こうして過ごせているのも奇跡みたいだ。今夜はきみを最後まで自分のものにしていいと星も告げてくれているから、あらためて言うが。私に、アミリ以外の花嫁候補はいないよ。そして、私のブートニエールになるのもきみだけだ」

「ほんとうに？」

「ほんとうに。噂好きは悲しいことにどこにでもいるから、私についてもいろいろ聞くかもしれない。しかし、きみの目に映る私をどうか信じて」

「僕がいちいち疑ってしまったのが浅はかでした。もっと完璧な花生みだったら、他人の言うことに惑わされずにすんだのに」

「完璧な花生みってどんなのだろう」

「どんな花生みより綺麗で、しっかりしていて、薔薇の涙がいつでも流せて、あなたの子を宿して、この国の栄華を未来永劫《えいごう》約束できるような存在だったら……」

「アミリはアミリだよ。薔薇の涙を流す花生みが国の繁栄を叶えるなんて、他人任せな噂を信じ込んで城に呼んだんじゃない。ましてや、私の子を生んでほしいからという勝手な野望を押しつける気もない。ずっと昔、夏の終わりの庭で出会ったときから私はきみに惹かれている。初対面の私に全幅の信頼を寄せてくれたね。あのころの私はイズアラーンとの戦いに関わったばかりでひどく疲れていた。この先、王子としてどんなふうに国を支えていけばいいのか悩んでいて……そんなとき、アミリに出会った」

懐かしそうに目を細めるレオナルドがやさしく肩を抱き寄せてきた。

「薔薇の涙を流す子にははじめて会ったから、なんとも不思議で、惹かれたんだよ。自分の気持ちに正直なきみがなにより素敵だった。寂しいことは寂しいと言い、楽しいことは楽しいと言うきみは世界一輝いていた。こんな子をひとりにしておけない。平和な世を招くのが私の使命と感じて、『家族になろう』と申し出たけれど、きみが『花嫁にしてほしい』と本気で言い出したときにはびっくりしたよ。弟のように見ていたから」

でも、と続けるレオナルドが、かたわらから顔をのぞき込んでくる。

「いつからだろう、きみが誰より蠱惑的に見えるようになったのは。お忍びで修道院に通っていたころ、顔を合わせるたびに成長していくアミリを見ると胸が躍って、年上なのにと自省もした。やがて、私の中にも恋ごころが芽吹いた。花嫁としてきみを迎え入れたあとも長いこと悩んだよ。ほんとうにこれが正しい選択なのか。きみを傷つけないか……アミリを私のものにしてしまったら、もう二度と手放せない」

「レオナルド様も――僕のこと、ほしがってくれてたんですか？」

「当然だろう？　喉から手が出るほどきみがほしかった。占星術師に未来を読んでもらったのだって、アミリとのことがなかったら実現しなかった。すべてはきみのためだ」

どこか飢えた欲望を滲ませる声に、胸の奥がぎゅっと締めつけられる。

ほんとうだろうか。

信じてもいいんだろうか。

「もし、僕が一生、薔薇の涙を流せなかったらどうしますか。あなたの子を宿すことはできるかもしれないけど、それがただの人間だったら」

「花生みだから、薔薇の涙を流さなければいけないわけじゃないだろう。私との子もそうだ。さまざまな運が重なってそうなるならともかく、アミリひとりが背負うことじゃない。私だって一緒に考えさせてほしい。……あのね、とっくにきみはいくつもの奇跡を起こしているんだよ。シャクやデガートたちが笑顔なのも、イズアラーンと平和の道が歩めたのも、アミリがこの城にきてくれたからだ。なにより、私がこんなにも誰かを愛してせつなくなるのだって、きみのせいだ」

赤い焚き火がレオナルドの瞳に映り込み、そのパウダーブルーの色に不可思議な真剣さを加える。

「どんなことでも一緒に考えていきたい。きみひとりで背負い込まないで。ほかの誰がなにを言おうと、私とアミリの未来はふたりだけのものだ」

「……はい」

温かい真摯《しんし》な声に、自然と目縁が熱くなる。軽くそこに押し当てられるくちびるのやわらかさにうっとりとなり、アミリは身体を擦り寄せた。

「好きです。レオナルド様が好き。こんな僕でもおそばに置いてください」

「言われずとも。こんなにもきみにこころを傾けている私をいまさら放り出そうとしたって、無駄だからね」

切り返されて笑ってしまう。

なにもできないかもしれないけれど。

花生みとしても、ひとりの人間としても不十分かもしれないけれど。

「一生、おそばにいさせてください。レオナルド様だけを愛します」

「それは私の台詞《せりふ》だ。出会ったときからきみだけに忠誠を誓ってきた。私の生涯を懸けてアミリだけを愛していく。守り抜くよ」

甘く囁くレオナルドがそっと頬擦りしてきて、くちびるの脇にくちづけた。それから、その瞳に甘やかな光を浮かべる。

「きみを抱き潰してしまいたいな」

「してください。今夜は、最後まで」

アミリも声を上擦らせ、逞しい首に両手を絡みつけて身体を擦り寄せた。


「……ん、ん、っ、ぁ……そこ、や……」

熱心に胸の尖りに吸いつかれて甘い声をもらし、アミリはレオナルドのはちみつ色の髪をくしゃくしゃと摑む。

以前からレオナルドはそこに執心していたけれど、今日はいっそう強く吸い上げられて、身体の芯が奇妙に疼いてしまう。

暖炉前から寝室に移動し、星明かりが照らす寝台で熱い素肌を擦り合わせた。

「っ、いい……きもち、ぃ……そこ、くりくりされるの、だめ……」

「アミリは感じやすいな。ちょっと触っただけでこんなに硬くしこらせて……齧り付きたくなってしまう」

「ん、っぅ、ん、噛ん、で、いい……っから……ああっ……あ、いい……っ」

真っ赤にふくれ上がった乳首をきゅっと前歯で軽く嚙み潰されて、身悶《みもだ》えた。気持ちいいなんてものじゃない。目を閉じていてもくらくらしてしまうような快感に襲われ、泣きじゃくってしまう。

昨夜、イズアラーンの使者が来る前に味わっていた熱っぽさがそのままそっくりぶり返すようだ。舌先で乳首を押し転がすレオナルドは下肢にも手を這わせてきて、とうに硬くなっていたそこを扱き上げる。

根元からくびれに向かって指の腹で擦られるとどうしようもなく気持ちよくて、腰が揺れてしまうのが恥ずかしい。

先端の割れ目がひくつき、いまにも達しそうなのがレオナルドにもわかったのだろう。巧みに擦り上げ、しまいには深く咥え込んできた。

「っや、や、っん、だめ、だめ、いく、いっちゃ……っ！」

「出して」

舌先で割れ目の奥の粘膜をやさしく撫でられたら、もう我慢できない。まぶたの裏がちかちかと明滅するのを感じながら声を嗄らして絶頂に追い込まれていく。

「あ——あ……っぅん……っん……は——……」

腰の奥から熱を搾り出すたび、身体が勝手に跳ねる。びゅくびゅくと噴き出る熱をあますことなく吸い上げるレオナルドは何度か喉を鳴らし、さらにその下へと顔を寄せてくる。

きつく閉じたそこはレオナルドのくちびるでやわらかに解け、長い指を受け入れていく。

もう何度も繫がっているけれど、いつもこの瞬間は新鮮な圧迫感がある。

たっぷりと唾液を伝わせてくるレオナルドはそれだけでは足りないと思ったらしく、枕元に置かれた香油の瓶を手にする。

舐めても害のないそれをとろりと手のひらにまぶして両足付け根の奥を探ってくるレオナルドに、掠れた声を上げて身体をよじらせた。

感じすぎて怖いからやめてほしい、なんてとても言えない。疼く入口から、指の届かない奥までしっとりと暴かれていくのがたまらなく気持ちいい。

「レオ、ナルドさま……ぁ……っ」

「いい？」

「ん、いい、きもち、い……おく、きてほしい……いっぱい、突いて」

「アミリはおねだり上手だな。きみに乞われたらどんな願いだって叶えたくなる」

レオナルドは身体を起こすと衣服を脱ぎ捨て、見事に鍛え上げた裸身を晒す。斜めに切り込んだしっかりとした鎖骨が男らしい色香に満ちて、広い胸にも視線が吸い寄せられてしまう。

無意識にそこに指を這わせると、くすぐったそうな顔をするレオナルドはいささかもったいをつけて下肢もあらわにしていく。ぶるっとしなり出る、優美な相貌とは裏腹の、大きく張り出した淫らな亀頭に息を呑んだ。

完全に勃起すると指では摑みきれない太さに育つのが、なんとも凶悪でいい。

喉がからからに渇き、いまにも叫び出してしまいそうだ。

「アミリが泣いてしまうほどに、私をあげる」

「ん……ん――っ……ぁ、ぁ、っおっき、ぃ……っんっんん、……！」

ねじ込んでくる肉竿がねっちりと肉襞を擦りながら挿ってきて、息が止まるほどにいい。

ぐっぐっと最奥を抉ってくるレオナルドの息も弾んでいる。

「きつく締めつけられて、蕩けそうだ……私がどれだけアミリに夢中か、わかってもらえる？　わかるまで抱いてもいいいんだよ」

「うん、っ、ん、っ、あ、っや、そこ、ぐりぐりしたら、また……なんかきちゃ……っ」

身体の奥からうねる欲望に負けそうだ。いまにも弾けそうな快感を必死に堪えるアミリをそそのかすように、レオナルドが甘くくちづけてくる。

「我慢しなくていいんだよ、アミリ。すべて私に預けて」

「……っぁ……」

奥歯を噛み締めても、涙が勝手にあふれていく。

この先、もしなにもできなかったとしても、レオナルドを愛する気持ちだけは絶対に諦めない。

多くのひとが彼を求めるだろうが、自分がいちばん近くで見守り、その疲れを癒やして鼓舞したい。

精一杯美しい庭を造り上げることで、レオナルドが安らげる場所を守りたい。

願いを、叶える。

それぐらいは自分にだってできるはずだ。

こみ上げる感情に揺さぶられるまま、熱い涙が目縁に盛り上がる。

ひと突きひと突き力を込めてくる雄芯に喘ぐと、レオナルドも微笑む。だが、すぐ真顔になった。

「……薔薇だ」

驚いたような声音とともにレオナルドが、頬をすべり落ちて敷布に染み込む寸前にかたちを変えた涙を——しっとりとした花弁をつまみ上げる。

「アミリの涙が薔薇になった……」

「え、ほんと……に……？」

感じすぎてしゃくり上げるアミリの涙は、次々に深紅の花びらへと生まれ変わっていく。

いま感じているのは孤独ではない。全身をやわらかく包み込み、温めてくれる愛情だ。

——人生を変えてしまうようなふたつの感情を味わったとき、花生みは薔薇の涙を流す。

ひとつは孤独。もうひとつは、裏表のない絶対的な愛情だ。

とうとう、花生みとして開花したのだとわかっても涙が止まらない。

「ほんと、……だ……いままでに一度しか流せなかったのに、ど、して、いま……」

「アミリが私を信じきって身体を任せてくれたから。かつて一度だけ私の前で流した薔薇の涙も、いつか、私たちがこうなるために神様が見せてくれた御業《みわざ》かもしれないね」

「……うん……」

絶望するしかないと思っていたあのころ。しかし、孤独感を味わうだけでは、薔薇の涙は流せないのかもしれない。そこに愛がないと。だったら、あのときの自分はすでに、レオナルドに愛される未来に気づいていたのだ。

無意識だっただろうが、ふたつの感情が自分の中に生まれていたからこそ、愛し愛されるしあわせに気づいたからこそ、いま、花生みとして薔薇の涙を流すことができたのだ。

指先まで深く絡みつけたままくちびるを重ねると、身体の奥まで潤っていく。気持ちいいという感覚を通り越して、敏感になりすぎている。

息を吸い込むタイミングを狙って、レオナルドがずんっと突き込んできた。

「んー……っ……！」

抉られる心地好さに喘いだ。媚肉をこそげ落とすような腰遣いに今度こそ泣き、広い背中にきつく爪を立てた。

「いい、っ、……っおねが、い、もぉ、ほんとう、に……あっ、あっ、中で、いっちゃう……」

「ああ。アミリの中に出すよ」

「うん、ん、っいっしょに、……っ」

ずちゅずちゅと突きまくられて、弓なりに身体をしならせた。

剛直に貫かれる悦びに声が掠れ、頭の中がふわりと熱くなった瞬間、身体のそこかしこで火花が弾け飛ぶ。

「あ……ッ……あぁ、っ、いく……いく……っ！」

「く……っ」

きぃんと鋭い絶頂が足の裏から頭のてっぺんに駆け抜けるのと同時に、どくんと身体の最奥に重い熱が撃ち込まれた。

一滴一滴がひどく熱い。おなかの底にまで届くほどの重たさに、声が掠れた。

たった一度で孕む、と言ったレオナルドの言葉は嘘じゃない。そのほとばしりは、甘く疼く肉襞の隅々まで濡らし、ずちゅりと音を響かせる。

いままで彼からもらったどんな体液よりも、どろりと濃くて、癖になりそうだ。

「は――……レオナルド、様の……中で、出てる……っ……」

「いままで我慢したぶん、たっぷり注いであげる」

照れたように笑う大人の男はアミリの顔中にくちづけてきて、浅く、深く突き上げてくる。勃ちきったアミリの性器もどぷっ、どぷっと白濁をこぼし、頭がおかしくなりそうだ。うしろでも前でも極め、頭がぼうっとしてくる。過ぎた快感は毒だ。

ついに中で果ててもらえたという喜びと驚きがない交ぜになり、理性がほろほろと溶け崩れていく。

「……こんなのしたら……ほんと、へんになっちゃう……」

「なっていいよ。私が責任を取るから。結婚してほしい、アミリ。生涯を私とともにしてほしい」

待ちわびた瞬間にアミリは泣き笑い、逞しい身体にぎゅっとしがみついた。

「喜んで、あなたをお支えします」

「私の愛の重さを知りたい？」

「……これ以上？」

「言っただろう、私は重いよって」

くすりと笑うと、レオナルドも茶目っ気たっぷりに微笑む。屈託のない笑い方が、レオナルドにはいちばん似合う。

「そう、これ以上だよ。きみの声が嗄れて、もうだめだと言われても抱いてしまうかもしれないから、止めるならいまだ」

「……止めません。僕だって知りたいし、教えたい。僕がどれだけレオナルド様を愛しているか、知ってほしい」

「私たちはどこまでも通じ合っているようだね」

アミリの首筋を一瞬つまんだレオナルドが驚いたように声を上げる。

「痣だ。アミリ、きみの首筋に花びらのかたちをした痣が浮かんでいる」

「それって……」

「そうだ。きっとこれがブートニエールの証だ。身もこころも私と繋がった証拠が顕現したんだ。アミリはほんとうに……奇跡の塊だね」

笑いかけてくるレオナルドに、アミリもぎゅっと抱きつく。胸を花びらのように埋めるのは、数えきれない幸福だ。

互いに肌を強く擦り合わせ、繋がった熱を再び高めていく。

夜明けがきても、この腕は離せそうにない。

本物の薔薇が裏庭に咲き乱れるころ、アミリが頬を赤く染めながら「おなかにこどもがいます」と打ち明けると、レオナルドは飛び上がるほど喜んでくれた。

まめに手入れを続けてきた庭はすっかり居心地のいい場所となり、レオナルドの憩いの場となっていた。

修道院から運んできた赤い花もしっかりと根を下ろし、庭の一角をかわいらしく染めている。

あれから季節が流れ、赤い花は次に咲く日を待つためにいまは葉を休めている。

ついさっきまで、シャクとその夫と、生まれたばかりの赤ん坊がここで楽しげな笑い声を上げていた。美しく頼もしいシャクとやさしい夫とのあいだに生まれた女の子は、ミリアムと名付けられた。

『アミリ様から一部いただいたんですのよ。あなたみたいに強く育ってほしいから。占星術師から授かった名前でもありますの』

光栄な言葉に微笑み、ほわほわと笑うその子をそっと腕に抱かせてもらった。

彼らが帰っていったあとも、まだ、ミリアムの温もりが腕の中に残っているようだ。

「ここに新しい命があるんだね。なんだか不思議だ」

休日の晴れやかな朝、いまはまだ平らかなアミリのおなかにそっと手をあてがい、レオナルドが顔を近づけてくる。

「ふふ、まだなにも聞こえませんよ。もっと先です」

「待ちきれないな。きみと私のはじめての子だ。国を挙げて祝おう。デガートも大喜びしてくれる。イズアラーンもね。シャクには伝えるのはこれから？」

「じつはさっき、伝えました。僕の体調の変化に最初に気づいたの、シャクさんなんですよ。さすが、お母さんは勘が鋭いですね」

「そうか、私も見習わなければ」

腕を組んで唸っているレオナルドに、頬がゆるんだ。この顔だけを見たら、誰も、一国を率いる王だとは思わないだろう。どこからどう見ても、気の早い子煩悩な大人の男だ。

かつての宿敵、北のイズアラーンも無事に世継ぎに恵まれたことで穏やかな国へと変わった。『過去は消せないが、未来は好きなかたちに作っていけるはずだ』とレオナルドが宣言し、和平条約を結んだことで、バルデア大陸は歓喜の声で満たされた。

「命を繋いでいくことが私たちの使命なんだね。いまやっとわかった気がするよ」

「この子が花生みでも大丈夫ですか？」

「男の子でも女の子でも、花生みでも花食みでも花合いでも、どんな子でも私たちの子だ。早く会えるのをこころから待っているよ」

「ラーディとネッケにも伝えたいな」

「もちろんだ。みんなでお祝いしよう」

ふたりで手を繋ぎ、素朴でかわいらしい庭に見入った。

どんなものよりも信じている温もりが、指先から押し寄せてくる気がする。

五月の風は澄んでいる。高貴な薔薇もかわいらしい雑草も、すべてが等しくやさしく揺れていた。

どの季節にも、光と風と花がある。

それは、互いの身体の中にも。

あとがき

こんにちは、またははじめまして、秀香穂里《しゅうかおり》です。

花を生む者とそれを愛する者＝ガーデンバースをいつか書いてみたいとずっと夢想しており、このたび無事にリンクスロマンス様から出していただけることになりました。流した涙が花になるって、もうそれだけでロマンテックですよね！　勝ち気な受けがひとり苦しみを抱え込んで泣いているところへ、紳士な大人攻めが颯爽と現れたら絵になるなーと妄想した結果が本作です。

この話を書くにあたり花のことをちらりと勉強したのですが、美しい花が存在している理由って鳥や虫に認識してもらうためのアピールなんですよね。人間に喜ばれるためではなく（笑）。花々＝植物の生存戦略についてはまだわかっていないことが多いのも楽しいです。自分では動けないぶん、他の生物に種子を運んでもらい、だんだんと数を増やしていく……あらためて考えると賢すぎるし、ちょっと怖い。ＳＦっぽい。

当然、虫や鳥も花の蜜を食するメリットがありますが、花は種子を遠くに飛ばして勢力を拡大するため、高度な情報を伝達しあっているというような話を見かけたこともあります。妄想の余地がある〜！　ということで、また機会をもうけて書いてみたい題材です。

たんぽぽ畑は、もしかしたらハイレベルなたんぽぽの戦略による一大帝国なのかも？　二番煎じ三番煎じになりそうですが、植物の擬人化も楽しそうですね。

麗しいイラストで飾ってくださったＣｉｅｌ《シエル》先生、またご一緒できる機会をいただけて、光栄です。

アミリの燃えるような赤い髪も元気な表情も可愛いし、やさしく余裕たっぷりなレオナルドも素敵です。わたしの想像を遥かに超える美しくも色っぽいふたりに仕上げてくださったこと、こころより感謝しております。ほんとうにありがとうございました！

担当様、いつもお手を煩わせてしまい、申し訳ないかぎりです……精進して参りますので、今後ともどうぞよろしくお願いいたします。

そして、この本をお手に取ってくださった方へ。最後までお読みくださり、嬉しいかぎりです。ページをめくるたび、Ｃｉｅｌ先生の美麗のイラストとともに、花に埋もれる幸福感がすこしでも伝われば嬉しいです。もし、ご感想、ご意見があれば、ぜひリンクスロマンス様宛にお手紙お送りくださいませ。最近めちゃ文房具にはまっているので、折を見てお返事いたします。それでは、また次の本で元気にお会いできますように！

リンクスロマンスノベル

花生みの涙で愛は彩られる

2024年12月31日 第1刷発行

著者　秀《しゅう》香《か》穂《お》里《り》

イラスト　Ciel《シエル》

発行人　石原正康

発行元　株式会社 幻冬舎コミックス
〒151-0051 東京都渋谷区千駄ヶ谷4-9-7
電話03（5411）6431（編集）

発売元　株式会社 幻冬舎
〒151-0051 東京都渋谷区千駄ヶ谷4-9-7
電話03（5411）6222（営業）
振替00120-8-767643

デザイン　kotoyo design

印刷・製本所　株式会社 光邦

検印廃止

幻冬舎コミックスホームページ　https://www.gentosha-comics.net

本作品はフィクションです。実在の人物・団体・事件などには関係ありません。